ARENA KINDERBUCH-KLASSIKER

Die Herausgeberin der ARENA KINDERBUCH-KLASSIKER, Dr. Freya Stephan-Kühn, geboren 1943, studierte Geschichte und Latein an der Universität Köln und promovierte anschließend mit einer Dissertation über ein Thema aus der mittelalterlichen Geschichte. Heute lebt sie in Mönchengladbach. Sie ist Leiterin eines Krefelder Gymnasiums und Vorsitzende des nordrhein-westfälischen Landesverbandes der Geschichtslehrer. Dr. Freya Stephan-Kühn hat zahlreiche wissenschaftliche Aufsätze verfasst und sich mit Arena-Büchern wie *Was in den Höhlen begann . . .* oder den Titeln aus der *Viel Spaß!*-Reihe auch als Sachbuchautorin einen Namen gemacht. An der Universität Düsseldorf hat sie einen Lehrauftrag für Geschichte und Jugendbuch. Sie verfügt über eine umfangreiche Sammlung internationaler Kinderbuch-Klassiker.

# *Inhalt*

# *Der Junge*

*Sonntag, 20. März*

Es war einmal ein Junge. Er war ungefähr vierzehn Jahre alt, groß und schlank und hatte flachsblondes Haar. Er war ein recht unnützer Bursche, der seine Zeit am liebsten mit Essen und Schlafen verbrachte und dessen größtes Vergnügen es war, irgendwelchen Unfug anzustellen.

Es war an einem Sonntagmorgen, die Eltern machten sich fertig für den Kirchgang und der Junge hockte hemdsärmelig am Tisch. Er freute sich heimlich darüber, dass die Eltern nun fortgingen und er ein paar Stunden allein war. Dann kann ich Vaters Gewehr nehmen und damit schießen und keiner kann es mir verbieten, sagte er sich.

Aber der Vater schien die Gedanken seines Sohnes erraten zu haben, denn im Hinausgehen blieb er noch einmal stehen, drehte sich um und sprach: »Wenn du schon nicht mit Mutter und mir in die Kirche gehen willst, solltest du wenigstens zu Hause die Predigt lesen. Versprichst du mir das?«

»Ja«, erwiderte der Junge, »das werde ich tun.« Aber er hatte überhaupt nicht vor, mehr zu lesen, als er wollte. Auf der Stelle eilte da seine Mutter zum Bücherbrett, nahm Luthers Postille herunter, schlug die Seite mit der Tagespredigt auf und legte das Buch auf den Tisch am Fenster. Dann holte sie auch noch das Evangelienbuch und legte es aufgeschlagen neben die Postille. Schließlich rückte sie noch den großen Lehnstuhl, den man im vorigen Jahr bei einer Auktion im Vemmenhöger Pfarrhaus erstanden hatte und in dem sonst nur der Vater sitzen durfte, dicht an den Tisch.

Der Junge dachte, die Mutter mache sich nun aber wirklich viel zu viel Mühe, denn er hatte wahrhaftig nicht vor mehr als ein oder zwei Seiten zu lesen. Aber auch dieses Mal schien der Vater ihn durchschaut zu haben. Er trat vor ihn hin und sagte streng: »Dass du mir auch gründlich liest! Wenn wir nachher zurückkommen, werde ich dich abfragen und sofort merken, wenn du etwas nicht gelesen hast – und dann setzt es was!«

Um das Maß voll zu machen, rief die Mutter, dass die Predigt vierzehn und eine halbe Seite habe, und fügte hinzu: »Am besten fängst du sofort an, sonst schaffst du es nicht!«

Dann gingen sie endlich, und als der Junge ihnen von der Tür aus nachsah, wurde ihm schmerzlich bewusst, dass er in der Falle saß.

Da gehen sie hin und beglückwünschen sich, dass es

ihnen gelungen ist mich in der Zeit ihrer Abwesenheit mit dieser Predigt zu beschäftigen, dachte er.
Aber Vater und Mutter waren weit davon entfernt, sich seinetwegen zu beglückwünschen, sie waren vielmehr sehr traurig und besorgt. Sie waren arme Bauern und ihr Hof war nicht größer als ein kleiner Garten. Als sie sich hier niedergelassen hatten, waren sie gerade in der Lage ein Schwein und einige Hühner zu halten. Da sie aber äußerst tüchtige und fleißige Leute waren, hatten sie mittlerweile auch Kühe und Gänse. Sie hatten sich also kräftig emporgearbeitet und hätten allen Grund gehabt an diesem Morgen glücklich und zufrieden zur Kirche zu gehen, wenn sie nicht ständig an ihren Sohn hätten denken müssen.
Der Vater klagte darüber, wie faul und träge er sei, dass er in der Schule nicht lernen wolle und dass er obendrein ein solcher Taugenichts sei, dass man ihn allenfalls zum Gänsehüten gebrauchen könne. Das konnte auch die Mutter nicht abstreiten, obwohl sie am meisten darunter litt, dass ihr Junge so ungestüm und boshaft war, kein Herz für die Tiere und keines für die Menschen hatte.
»Wenn Gott ihm doch nur die Bosheit austreiben und ihm einen sanfteren Charakter geben würde!«, seufzte die Mutter. »Er bringt sonst noch sich selbst und uns alle ins Unglück.«
Derweil saß der Junge vor der Predigt und überlegte, ob er sie wirklich lesen sollte. Schließlich hielt er es für ratsam, sich an die Abmachung zu halten, und begann

zu lesen. Nachdem er eine Weile die Wörter halblaut vor sich hergeleiert hatte, überkam ihn eine große Müdigkeit, der er kaum widerstehen konnte.

Draußen war das schönste Frühlingswetter. Zwar war erst der zwanzigste März, aber der Junge lebte im südlichen Schonen, im Dörfchen Westvemmenhög, und dort war der Frühling schon weit fortgeschritten. Es grünte noch nicht viel, aber die Knospen trieben bereits und an den Rändern der Wassergräben blühte schon der Huflattich. In der Ferne erstreckte sich unter blauem Himmel der dichte Buchenwald.

Die Haustür war nur angelehnt und das Tirilieren der Lerchen war im Zimmer gut zu hören. Hühner und Gänse stolzierten über den Hof und in den Stallungen muhten ab und zu die Kühe.

Der Junge las und kämpfte gegen den Schlaf. Wenn ich jetzt einschlafe, sagte er sich, werde ich mit dem Text nicht rechtzeitig fertig!

Aber dann war er plötzlich doch eingenickt.

Er wusste nicht, wie kurz oder lang er geschlafen hatte, als er von einem Geräusch geweckt wurde. Vor ihm auf dem Fensterbrett stand ein kleiner Spiegel, und als der Junge jetzt den Kopf hob und zufällig in diesen Spiegel blickte, sah er, dass der Deckel von Mutters großer Truhe, die genau hinter ihm stand, aufgeklappt war.

Es war dies insofern seltsam, als niemand anders als seine Mutter selbst die schwere Eichentruhe öffnen durfte, weil sie darin allerlei Dinge und Kostbarkeiten

verwahrte, die sie von ihrer Mutter geerbt hatte und die ihr besonders viel bedeuteten. Dies waren etwa alte Bauerntrachten aus rotem Stoff, Faltenröcke, weiße Kopftücher, schwere Silberschnallen und vieles mehr, was die Leute nun nicht mehr tragen wollten, weil es aus der Mode gekommen war, und Mutter hatte schon oft daran gedacht, die alten Sachen zu verkaufen, es dann aber doch nicht übers Herz gebracht.
Jetzt sah der Junge im Spiegel also ganz deutlich, dass der Deckel der Truhe offen stand. Die Mutter hatte ihn aber, bevor sie gegangen war, eigenhändig geschlossen. Nie hätte sie ihn mit der geöffneten Truhe allein gelassen.
Er konnte sich nicht erklären, was geschehen war, und ihm wurde ganz unheimlich zu Mute. Er fürchtete, dass sich ein Einbrecher hereingeschlichen haben könnte, und wagte nicht sich zu rühren. Ganz still saß er da und starrte in den Spiegel.
Und während er so dasaß und darauf wartete, dass der Dieb sich zeigte, erspähte er einen schwarzen Schatten, der auf den Rand der Truhe fiel. Er guckte und guckte und wollte seinen Augen nicht trauen: Was zuerst wie ein Schatten ausgesehen hatte, gewann immer deutlicher an Kontur und dann erkannte der Junge ganz deutlich, dass da tatsächlich nichts anderes als ein Wichtelmännchen rittlings auf dem Truhenrand saß.
Der Junge hatte schon von Wichtelmännchen gehört, aber er hätte nie gedacht, dass sie so klein sein könnten.

Der Kleine, der dort saß, hätte leicht in seiner Hand Platz gefunden. Er hatte ein altes, runzliges, bartloses Gesicht unter einem breitrandigen schwarzen Hut und trug einen langen schwarzen Rock über ein Paar Kniehosen. Um Hals und Handgelenke trug er weiße Spitzen, an den Schuhen Schnallen, und die Strumpfbänder waren zu Schleifen gebunden, alles an ihm wirkte zierlich und fein. Gerade hatte er ein besticktes Leibchen aus der Truhe genommen und betrachtete das altmodische Teil mit solcher Hingabe, dass er gar nicht merkte, dass der Junge wach war und ihn beobachtete.
Der Junge war sehr erstaunt und verdutzt über das, was

er sah, aber Angst hatte er eigentlich nicht. Wie sollte man auch vor einem solch kleinen Geschöpf Angst haben! Und da das Männlein so in seine Betrachtungen versunken war, dass es um sich herum nichts wahrnahm, dachte der Junge sofort daran, ihm einen Streich zu spielen, es vielleicht in die Truhe zu stoßen und dann den Deckel zuzuschlagen oder etwas in der Art.
Nun war der Junge aber doch nicht so mutig, dass er sich getraut hätte das Wichtelmännchen mit bloßen Händen anzufassen. Also sah er sich im Zimmer nach etwas um, womit er dem Kleinen einen Stoß versetzen könnte. Nachdem sein Blick vergeblich über den Tisch und das Sofa, über Kochtöpfe und Schrank gewandert war, über Löffel, Messer, Gabeln und Teller und über Vaters Flinte sogar, entdeckte er schließlich vor sich am Fenster ein altes Fliegennetz.
Sofort riss er es an sich und warf es über den Truhenrand. Dass er auf Anhieb das Wichtelmännchen fangen würde, damit hatte er nicht gerechnet und er war ganz überrascht, als er das arme Kerlchen nun tatsächlich überrascht hatte. Den Kopf nach unten, lag der Arme in dem Netz und war völlig hilflos.
Im ersten Augenblick wusste der Junge gar nicht, was er mit seiner Beute anfangen sollte. So hielt er einfach nur das Netz in Bewegung, um dem Wichtelmännchen keine Gelegenheit zur Flucht zu geben.
Nun aber begann das Männlein zu sprechen. Es bat inständig, der Junge möge es freilassen. Seit vielen Jah-

ren habe es der Familie nur Gutes getan und eine solche Behandlung habe es wahrlich nicht verdient. Wenn der Junge es jetzt loslasse, wolle es ihm einen wertvollen Taler, eine silberne Kette und eine Goldmünze geben, die so groß sei wie der Deckel von seines Vaters Uhr.
Der Junge fand dieses Angebot zwar nicht gerade üppig, doch seit er den Wicht in der Gewalt hatte, fürchtete er sich seltsamerweise vor ihm, denn er fühlte, dass er sich auf etwas eingelassen hatte, was unheimlich und nicht von dieser Welt war. Erleichtert ging er auf das Angebot ein, um den kleinen Kerl wieder loszuwerden.
Er öffnete das Netz, um das Wichtelmännchen herauskrabbeln zu lassen. Es war auch schon fast draußen, als dem Jungen einfiel, dass er eigentlich viel zu bescheiden gewesen war und viel mehr hätte verlangen können. Zumindest hätte er verlangen sollen, dass der Kleine ihm die Predigt in den Kopf zaubert. Wie dumm von mir, dachte er, es für eine so geringe Gegenleistung freizulassen!
Und sofort schüttelte er das Netz so heftig, dass das Wichtelmännchen wieder hineinpurzelte.
Doch im selben Augenblick bekam er solch eine gewaltige Ohrfeige verpasst, dass ihm Hören und Sehen verging, und ihm war, als zerspringe sein Kopf in tausend Stücke. Er flog von einer Wand zur anderen und landete schließlich auf dem Boden, wo er bewusstlos liegen blieb.
Als er wieder zu sich kam, war das Wichtelmännchen spurlos verschwunden. Der Truhendeckel war ge-

schlossen und das Fliegennetz hing wie zuvor am Fenster. Hätte dem Jungen nicht so fürchterlich die rechte Wange gebrannt, so hätte er glauben können alles nur geträumt zu haben.

Was auch immer da gerade passiert sein mag, ging es ihm durch den Kopf, die Eltern würden ihm nie und nimmer abnehmen, dass es sich wirklich zugetragen hat. Sie würden behaupten, er hätte geträumt, und würden ihm nichts von der Predigt erlassen. Daher hielt er es für das Beste, sich wieder an die Bücher zu setzen und zu lesen.

Als er nun zum Tisch ging, bemerkte er höchst eigenartige Veränderungen. Das Zimmer schien viel größer geworden zu sein, was aber doch unmöglich war. Auch kam ihm der Weg zum Tisch ungeheuer weit vor. Und was war mit dem Lehnstuhl geschehen? Um auf den Sitz zu gelangen, musste der Junge zuerst auf die Verstrebung zwischen den Stuhlbeinen steigen. Mit dem Tisch war es nicht viel anders. Er konnte erst auf die Platte sehen, nachdem er auf die Armlehne des Stuhls geklettert war.

»Was ist denn das?«, sagte der Junge. »Mir scheint, das Wichtelmännchen hat den Stuhl und den Tisch und die ganze Hütte verzaubert!«

Die Postille lag scheinbar unverändert an ihrem Platz, aber irgendetwas musste auch mit ihr passiert sein, denn er konnte die Buchstaben nicht sehen. Das ging erst, nachdem er auf das Buch geklettert war und sich auf die Seiten gesetzt hatte.

Er las ein paar riesige Zeilen, hob dabei zufällig den Blick und sah in den Spiegel. »He!«, entfuhr es ihm. »Da ist ja noch einer!«
Im Spiegel sah er nämlich deutlich einen winzigen Knirps. Er trug eine Zipfelmütze und Lederhosen.
»Der ist ja genauso angezogen wie ich«, sagte der Junge und klatschte vor Verwunderung in die Hände. Da sah er, dass der Kleine im Spiegel dasselbe tat.
Nun zog er sich an den Haaren, kniff sich in den Arm und drehte sich im Kreis – und der im Spiegel tat jedes Mal augenblicklich dasselbe.
Jetzt flitzte der Junge einige Male um den Spiegel herum, um nachzuschauen, ob sich vielleicht so ein Knirps dahinter verborgen hielt, aber da war niemand. Er bekam es mit der Angst zu tun und begann am ganzen Leib zu zittern, denn nun hatte er begriffen, dass das Wichtelmännchen ihn verzaubert hatte. Der kleine Knirps, den er im Spiegel sah, war er selbst.

*

Der Junge wollte aber einfach nicht glauben, dass er in ein Wichtelmännchen verwandelt worden war. Das bilde ich mir nur ein, dachte er, das muss ein Traum sein! Ich muss nur ein Weilchen warten, dann bin ich bestimmt gleich wieder ein Mensch.
Er stellte sich vor den Spiegel, schloss die Augen und wartete. Erst nach ein paar Minuten öffnete er sie wie-

der, in der Hoffnung, der Spuk sei nun vorbei. Aber es hatte sich nichts geändert. Er war noch immer so winzig wie zuvor. Sein hellblondes Haar, die Sommersprossen auf der Nase, die Flicken auf der Lederhose und das Loch im Strumpf, alles war wie immer, jetzt nur sehr viel kleiner.

Einfach nur dazustehen und zu warten, das würde ihm nicht helfen. Er musste etwas anderes versuchen! Am besten wäre es, er würde das Wichtelmännchen suchen und sich mit ihm versöhnen.

Sogleich sprang er auf den Boden und begann zu suchen. Er guckte hinter alle Stühle und Schränke, sah unter dem Sofa nach und hinter dem Herd. Sogar in einige Mauselöcher kroch er, doch alles war vergeblich. Das Wichtelmännchen blieb verschwunden.

Er jammerte und weinte und versprach alles Mögliche. Nie, nie wieder wolle er sein Wort brechen, nie, nie mehr böse sein und nie wieder über der Predigt einschlafen! Wenn er wieder seine alte menschliche Gestalt zurückerhielte, würde ganz bestimmt ein lieber, artiger und tüchtiger Junge aus ihm!

Doch was er auch immer versprach, es half alles nichts. Da fiel ihm ein, dass die Mutter einmal erwähnt hatte, das Wichtelvolk lebe im Kuhstall, und sofort rannte er los, um dort nachzusehen. Zum Glück stand die Tür offen, denn die hätte er nie und nimmer allein öffnen können.

Im Flur sah er zuerst nach seinen Holzschuhen. Da er

im Haus nur auf Strümpfen ging, überlegte er, was er nun mit den riesigen Schuhen anfangen sollte. Aber da sah er plötzlich auf der Schwelle ein Paar winzige Holzschuhe stehen. Er begriff, dass das Wichtelmännchen sehr gründlich zu Werke gegangen war und vorsorglich auch seine Schuhe verwandelt hatte. Es schien, als sollte er so bald von seinem Kummer nicht erlöst werden.

Auf der alten Eichenbohle, die vor der Haustür lag, hüpfte ein Spatz herum. Als er den Jungen erblickte, rief er sofort ganz laut: »Schaut her, das ist Nils, der Gänsehirt! Schaut euch diesen Däumling an! Das ist tatsächlich Nils Holgersson Däumling!«

Sofort drehten sich alle Gänse und die Hühner nach dem Jungen um und es gab ein entsetzliches Geschrei: »Kikerikiki!«, krähte der Hahn. »Das geschieht ihm recht! Kikerikiki! Er hat mich am Kamm gezogen!«

»Ga, ga, ga, gag, und ob ihm das recht geschieht!«, riefen die Hühner und hörten gar nicht mehr auf.

Die Gänse liefen herbei, bildeten einen Haufen und steckten die Köpfe zusammen. »Wer mag das getan haben?«, fragten sie. »Wer mag das getan haben?«

Und das Merkwürdigste dabei war, dass der Junge ganz genau verstand, was die Tiere sagten. Ja, er verstand jedes Wort. Das verblüffte ihn so, dass er wie angewurzelt auf der Türschwelle stehen blieb und zuhörte.

»Das muss daran liegen, dass ich jetzt ein Wichtelmännchen bin«, sagte er, »deshalb verstehe ich die Tiersprache.«

Er fand es allmählich unerträglich, dass die Hühner mit ihrem ewigen »und ob ihm das recht geschieht!« nicht aufhören wollten, und er warf einen Stein nach ihnen. »Lumpenpack!«, rief er. »Haltet endlich den Schnabel!« In seinem Zorn hatte er ganz vergessen, dass er ja nicht mehr so groß war, dass ein Huhn sich vor ihm hätte fürchten müssen. Sofort stürzte nämlich die ganze Hühnerschar auf ihn zu, umzingelte ihn und schrie: »Ga, ga, ga, gag! Es geschieht dir recht! Ga, ga, ga, gag! Und ob es dir recht geschieht!«
Er versuchte zu entkommen, aber die Hühner verfolgten ihn und schrien dabei so laut, dass ihm fast die Ohren abgefallen wären. Sie hätten ihn mit Sicherheit auch erwischt, wenn nicht die Hauskatze dazwischengekommen wäre. Gemächlich spazierte sie heran, und sobald die Hühner sie sahen, verstummten sie und schienen nur noch darauf aus, in der Erde zu scharren und nach Würmern zu suchen.
Der Junge flüchtete sich schnell zu der Katze und sprach: »Liebe Mieze, du kennst dich doch hier auf dem Hof gut aus, kennst jede Ecke und jedes Loch! Sei doch so gut und verrate mir, wo ich das Wichtelmännchen finde.«
Die Katze schwieg. Sie setzte sich genüsslich hin, ringelte den Schwanz bis zu den Vorderpfoten um sich herum und sah den Jungen nur an. Die Katze war groß und schwarz und hatte einen weißen Fleck auf der Brust. Ihr glattes Fell glänzte im Sonnenschein. Die Krallen hatte

sie eingezogen und ihre grauen Augen hatten einen kleinen, schmalen Schlitz in der Mitte. Sie sah eigentlich völlig harmlos aus.
»Natürlich weiß ich, wo das Wichtelmännchen wohnt«, sagte sie auf einmal ganz freundlich, »das heißt aber nicht, dass ich es dir verraten werde.«
»Oh, liebe, liebe Mieze«, flehte der Junge, »du musst mir helfen! Siehst du denn nicht, in was es mich verwandelt hat?«
Die Katze öffnete ein klein wenig die Augen. Sie schnurrte behaglich, streckte sich zufrieden und antwortete vergnügt: »So, ich soll dir jetzt wohl helfen, weil du mich so oft am Schwanz gezogen hast?«
Da wurde der Junge wütend und er vergaß schon wie-

der, wie klein und hilflos er war. »Ich kann dich gern noch einmal am Schwanz ziehen!«, rief er und stürzte sich auf die Katze.

Diese war sofort so verändert, dass der Junge glaubte ein anderes Tier vor sich zu haben. Sie stand da mit gekrümmtem Rücken und ganz langen Beinen. Der Schwanz war kurz und dick geworden, die Ohren hatte sie angelegt. Mit weit geöffneten Augen, die rot funkelten, fauchte sie ihn aus Furcht einflößendem Maul an.

Der Junge wollte sich davon aber nicht einschüchtern lassen und machte einen weiteren Schritt auf sie zu. Da machte die Katze einen Satz, sprang den Jungen an, dass er sofort auf dem Rücken lag, und setzte ihm die Vorderpfoten auf die Brust. Das fauchende Maul weit aufgerissen, blickte sie auf ihn herab.

Der Junge spürte, wie die Krallen durch Weste und Hemd in seine Haut drangen und wie die scharfen Eckzähne seine Kehle berührten. Er begann aus Leibeskräften zu schreien.

Vergeblich! Niemand kam, ihm zu helfen, und er glaubte schon, sein letztes Stündlein habe geschlagen, als er plötzlich merkte, dass die Katze die Krallen einzog und von ihm abließ.

»So«, sagte sie, »das reicht. Dieses Mal lasse ich dich der guten Bäuerin zuliebe laufen. Ich denke, du weißt nun, wer von uns beiden der Stärkere ist.«

Nach diesen Worten ging sie langsam davon und sah nun wieder so harmlos aus wie zuvor. Der Junge schäm-

te sich so sehr, dass er keinen Ton herausbrachte. Schnell verschwand er im Kuhstall, um dort nach dem Wichtelmännchen zu suchen.
Im Stall waren nur drei Kühe, doch als der Junge hereinkam, begannen diese drei entsetzlich laut zu brüllen und machten einen Krach, dass es sich anhörte, als wären es dreißig.
»Muh, muh, muh!«, brüllte Mairose. »Wie gut, dass es noch Gerechtigkeit gibt auf der Welt!«
»Muh, muh, muh!«, riefen alle drei gleichzeitig und der Junge konnte nicht verstehen, was sie sagten, so sehr schrien sie durcheinander.
Er wollte sich nach dem Wichtelmännchen erkundigen, aber die Kühe hörten gar nicht auf seine Worte. Stattdessen führten sie sich auf, als wäre ein wilder Hund in den Stall gekommen. Sie keilten mit den Hufen, rasselten mit den Halsketten, warfen die schweren Köpfe hin und her und drohten mit den Hörnern.
»Komm nur her!«, rief Mairose. »Ich verpass dir einen Stoß, den du nicht so schnell vergessen wirst!«
»Ja, komm her!«, schnaubte Goldlilie. »Ich lasse dich auf meinen Hörnern reiten!«
»Komm nur, komm nur, dann wirst du erfahren, wie es ist, wenn man einen Holzschuh ins Kreuz bekommt!«, brüllte Stern. »Du hast oft genug einen nach mir geworfen!«
»Und ich werde mich endlich für die Wespen bedanken, die du mir ins Ohr gesetzt hast!«, rief Goldlilie.

Mairose war die älteste und klügste von ihnen und regte sich am meisten auf.
»Komm nur«, drohte sie, »dann zahl ich dir endlich all das heim, was du deiner Mutter angetan hast! Wie oft hast du ihr den Melkschemel weggezogen oder ihr ein Bein gestellt, sodass sie mitsamt dem gefüllten Milcheimer hingefallen ist! Ich werd's dir geben für all die Tränen, die sie deinetwegen schon vergossen hat!«
Der Junge wollte ihnen sagen, wie sehr er diese Gemeinheiten bereue, und ihnen versprechen von nun an immer lieb und nett zu sein, wenn sie ihm nur sagten, wo er das Wichtelmännchen finde. Doch die Kühe hörten ihm gar nicht zu. Sie brüllten unentwegt und so laut, dass er Angst hatte, es könne sich gleich eine losreißen und sich auf ihn stürzen. So hielt er es schließlich für ratsam, sich schleunigst davonzumachen.
Als er wieder draußen war, hatte ihn nahezu jeglicher Mut verlassen. Deprimiert musste er einsehen, dass auf dem ganzen Hof niemand war, der ihm bei der Suche nach dem Wichtelmännchen helfen wollte. Und selbst wenn er es fände, würde ihm das wohl wenig nützen.
Er kroch auf die Mauer, die den ganzen Hof umgab, setzte sich und dachte nach. Er überlegte, was nur aus ihm werden sollte, wenn er seine menschliche Gestalt nie mehr zurückbekäme. Wenn die Eltern gleich aus der Kirche kämen, würden sie vor Verwunderung die Hände über dem Kopf zusammenschlagen. Damit nicht genug! Im ganzen Land würde man sich über ihn wun-

dern und die Leute würden von weit her kommen, aus Ostvemmenhög, aus Torp und aus Skurup, nur um ihn zu besichtigen. Am Ende würden seine Eltern ihn bestimmt sogar auf dem Jahrmarkt vorführen.

Was für ein schrecklicher Gedanke! Da wäre es ihm eigentlich noch am liebsten, wenn ihn nie mehr ein Mensch zu sehen bekäme!

Ach, wie schrecklich unglücklich war er doch! Bestimmt hat es auf der ganzen Welt noch nie einen Menschen gegeben, der so unglücklich gewesen war wie er. Er war nun kein Mensch mehr, er war verzaubert in einen Zwerg.

Und so langsam begann er zu verstehen, was es heißt kein Mensch mehr zu sein. Er war von allem Menschlichen abgeschnitten, konnte nicht mehr mit den anderen Kindern spielen, konnte später nicht den elterlichen Hof übernehmen und würde niemals ein Mädchen finden, das ihn lieben und heiraten würde.

Er sah auf sein kleines, weißes Elternhaus mit dem hohen, steilen Strohdach. In diesem Häuschen war er aufgewachsen, hier fühlte er sich wohl und geborgen. Zwar war alles recht ärmlich und klein und auch der Acker war so winzig, dass sich ein Pferd gerade darauf drehen konnte. Doch für ihn war all das jetzt noch viel zu gut. Er konnte keine bessere Wohnung verlangen als ein Loch unterm Scheunenboden.

Es war herrliches Frühlingswetter. Die Vögel zwitscherten, der Bach murmelte leise und es grünte an

Sträuchern und Bäumen. Aber der Junge konnte sich daran nicht erfreuen, denn das Herz war ihm vor Kummer schwer.
Er glaubte den Himmel über sich noch nie so tiefblau gesehen zu haben wie heute. Und er sah Zugvögel. Sie kamen von der Ostsee her und waren auf dem Weg nach Norden. Es waren verschiedene Vogelarten, doch er kannte nur die Wildgänse, die in zwei langen, keilförmigen Reihen flogen.
Schon mehrere Scharen Wildgänse waren hoch am Himmel vorbeigezogen. Doch so hoch sie auch flogen, er hörte genau ihren Ruf: »Gleich geht's über die hohen Berge! Gleich geht's über die hohen Berge!«
Immer wenn die Wildgänse die zahmen Gänse erblickten, die unten auf dem Hof herumliefen, flogen sie tiefer und riefen: »Kommt mit! Kommt mit! Gleich geht's über die Berge!«
Die zahmen Gänse reckten jedes Mal verdutzt die Hälse und lauschten interessiert, antworteten dann aber ganz ruhig: »Wir haben es gut hier! Wir haben es gut hier!«
Wie gesagt, es war ein herrlicher Tag und die Luft war so frisch und rein, dass es eine Lust sein musste darin zu fliegen. Und mit jeder neuen Wildgansschar, die vorüberzog, wurden die zahmen Gänse unruhiger. Ein paar Mal schlugen sie mit den Flügeln, als hätten sie große Lust sich ebenfalls in die Lüfte zu erheben. Aber jedes Mal sagte eine alte Gänsemutter: »Macht keinen

Unsinn, Kinder, wollt ihr mit denen hungern und frieren?«

Aber bei einem jungen Gänserich hatten die ständigen Rufe der Wildgänse anscheinend ein richtiges Reisefieber ausgelöst. »Wenn noch eine Schar kommt«, rief er, »dann fliege ich mit!«

Und da näherte sich auch schon die nächste Schar und wieder erklangen die Rufe. Da hielt es den jungen Gänserich nicht länger und er rief: »Wartet, wartet, ich komme mit!« Er breitete die Schwingen aus und erhob sich in die Luft. Doch da er im Fliegen völlig ungeübt war, fiel er sofort wieder auf den Boden zurück.

Die Wildgänse schienen indes sein Rufen gehört zu haben, denn sie wendeten und flogen langsam zurück, um nach ihm zu sehen.

»Wartet! Wartet!«, rief er und machte einen weiteren Startversuch.

Der Junge auf seinem Mäuerchen hatte das alles mitbekommen. Es wäre sehr schade, dachte er, wenn der große Gänserich wegfliegen würde. Vater und Mutter wären bestimmt sehr traurig, wenn er bei ihrer Rückkehr nicht mehr da wäre.

Über diesen Gedanken hatte er schon wieder ganz vergessen, wie klein und schwach er war. Er hüpfte von der Mauer, lief zu den Gänsen, schlang dem großen Gänserich die Arme um den Hals und rief: »Das lässt du schön bleiben, einfach wegzufliegen, du!«

Aber ausgerechnet in diesem Augenblick hatte der Gänserich herausgefunden, was zu tun war, um vom Boden abzuheben. Er war damit so beschäftigt, dass er gar nicht mehr dazu kam, den Jungen abzuschütteln, so konnte sich dieser nur noch festkrallen und musste mit hinauf in die Luft.

Die Fahrt ging so schnell aufwärts, dass dem Jungen schwindlig wurde. Als er auf die Idee kam den Hals des Gänserichs einfach loszulassen, waren sie schon so hoch, dass er den Sturz nicht überlebt hätte.

Jetzt konnte er sich nur noch gut festhalten und versuchen in eine etwas bequemere Lage zu kommen, indem er auf den Rücken des Gänserichs kletterte, was ihm mit viel Mühe schließlich auch gelang. Aber sich zwischen den schwingenden Flügeln auf dem glatten Rücken festzuklammern war gar nicht so leicht und er musste mit beiden Händen tief in das Gefieder greifen, um nicht hinunterzufallen.

*

Der Junge war so durcheinander, dass er zuerst gar nicht begriff, was um ihn herum geschah. Der Flugwind verschlug ihm fast den Atem. Neben ihm schlugen die mächtigen Schwingen und das Brausen der Federn hörte sich an wie ein gewaltiger Sturm. Dreizehn Gänse flogen um ihn herum und alle schlugen mit den Flügeln und schnatterten. Es flimmerte ihm vor den Augen und sauste in seinen Ohren. Er wusste nicht, ob sie hoch

oder niedrig flogen, und schon gar nicht, wohin die Reise überhaupt ging.
Allmählich gelang es ihm, wieder einen klaren Gedanken zu fassen, und er beschloss, zunächst einmal in Erfahrung zu bringen, wohin die Reise gehen sollte. Das war aber gar nicht so leicht, denn er traute sich nicht, nach unten zu gucken. Er war sicher, dass ihm beim ersten Blick in die Tiefe noch schwindliger werden würde, als ihm eh schon war. Schließlich überwand er sich und riskierte einen Blick nach unten. Da sah er unter sich ein großes kariertes Tuch ausgebreitet. Dessen unzählige Karos waren verschieden groß und von

unterschiedlicher Farbe. Manche waren lang gezogen, manche eher schräg und alle hatten Ecken und Kanten, keines war rund oder gebogen.
Wo bin ich nur?, fragte er sich. Was ist das da unten für ein großes Tuch mit lauter Vierecken?
Er hatte eigentlich keine Antwort auf seine Frage erwartet, aber die Gänse riefen sofort: »Äcker und Wiesen, Äcker und Wiesen!«
Da begriff der Junge, dass das große gewürfelte Tuch, über das sie flogen, die Ebene von Schonen war. Und nun konnte er sich auch die vielfarbigen Karos erklären! Die sattgrünen Vierecke mussten Roggenäcker sein, die im vorigen Jahr eingesät worden waren und sich unterm Schnee grün gehalten hatten. Die gräulich gelben Karos waren Stoppelfelder, die bräunlichen alte Kleewiesen und die schwarzen waren verlassene Weideplätze. Die braunen Vierecke mit den gelben Rändern mussten Buchenwälder sein, denn die jungen Buchen am Waldesrand behalten ihre vergilbten Blätter bis ins Frühjahr, während die großen Bäume im Waldesinnern im Herbst alle Blätter abwerfen. Es gab auch dunkle Vierecke mit grauen Flecken in der Mitte: Das waren die großen Bauerngüter mit ihren gepflasterten Höfen.
Der Junge musste lachen, denn unter ihm sah die Landschaft wirklich aus wie ein großes kariertes Tuch!
Als die Wildgänse ihn lachen hörten, riefen sie tadelnd: »Fruchtbares, gutes Land! Fruchtbares, gutes Land!«
Der Junge war schon wieder ernst geworden. Dass du

noch lachen kannst, dachte er, ausgerechnet du, nachdem dir das Schlimmste passiert ist, was einem Menschen widerfahren kann!
Er hatte sich mittlerweile an die eigenartige Art des Reisens gewöhnt und war auch nicht mehr unentwegt damit beschäftigt, nur darauf zu achten, den Halt nicht zu verlieren, sodass er jetzt bemerkte, wie viele Vogelscharen noch in der Luft waren, die alle nordwärts flogen. Die Luft war angefüllt mit Geschnatter und Geschrei, das von Schar zu Schar wanderte.
»So, ihr seid auch heute angekommen!«, schrien einige.
»Ja«, antworteten die Gänse, »und was haltet ihr von diesem Frühling?«
»Abwarten! Noch kein Blatt am Baum und das Wasser in den Seen ist eiskalt!«, schallte es zurück.
Als die Gänse über einen Hof flogen, auf dem Hühner und Gänse herumliefen, riefen sie: »Wie heißt der Hof?«
Da reckte der Hahn den Kopf empor und krähte: »Der Hof heißt Winzfeld! In diesem wie im vorigen Jahr, in diesem wie im vorigen Jahr!«
Die meisten Höfe waren nach ihren Besitzern benannt, wie das in Schonen so üblich ist. Aber anstatt zu sagen, dies ist der Hof von Per Mattsson und jener gehört Ole Rasson, gaben die Hähne ihnen Namen, die ihnen passender erschienen.
Wohnten sie auf einem armen Bauernhof, so riefen sie: »Dieser Hof heißt Körnerlos!«
War der Hof noch ärmer und ganz heruntergekommen,

so hieß es: »Dieser Hof heißt Nichtszupicken! Nichtszupicken!«
Den großen, reichen Bauernhöfen gaben die Hähne entsprechende Namen: Glücksacker, Eierberg oder Talerhof. Nur die Hähne auf den Herrenhöfen waren zu hochmütig, um sich etwas Originelles auszudenken. Sie krähten nur immer aus vollem Hals: »Dies ist Dybecks Herrenhof! In diesem wie im vorigen Jahr! In diesem wie im vorigen Jahr!«
Und ein Stück weiter brüllte einer nach oben: »Dies ist Swaneholm, das weiß doch jedes Kind!«
Die Gänse flogen nicht schnurstracks geradeaus, sondern machten Abstecher hierhin und dorthin, als wollten sie aus lauter Freude endlich wieder in Schonen zu sein jeden Hof einzeln begrüßen.
So kamen sie auch an einen Hof, auf dem mehrere große Gebäude mit hohen Schornsteinen standen, die von zahlreichen kleinen Häusern umgeben waren.
»Das ist die Zuckerfabrik von Jordberga!«, riefen die Wildgänse.
Der Junge zuckte auf dem Gänserücken zusammen. Diesen Ort hätte er kennen müssen. Er lag nicht weit von seinem Elternhaus entfernt. Im letzten Jahr hatte er dort noch die Gänse gehütet! Aber von oben sah alles ganz anders aus.
Ob da unten wohl noch Asa und der kleine Mats, seine damaligen Spielgefährten, waren? Wenn die wüssten, dass er jetzt gerade über ihren Köpfen dahinflog!

Aber schon hatten sie Jordberga hinter sich gelassen und flogen weiter in Richtung Svedala und Skabersee. An diesem einen Tag hatte der Junge bisher mehr von Schonen gesehen als in seinem ganzen Leben zuvor.

Wenn die Wildgänse zahme Gänse trafen, waren sie sehr ausgelassen. Dann verlangsamten sie ihren Flug und riefen hinunter: »Gleich geht's über die Berge! Kommt doch mit! Kommt doch mit!«

Die zahmen Gänse antworteten: »Der Winter ist noch nicht vorbei! Ihr seid zu früh! Kehrt um! Zurück!«

Aber die Wildgänse gingen noch tiefer, damit die zahmen sie besser verstehen konnten, und riefen zurück: »Los, kommt mit! Wir lehren euch fliegen und schwimmen!«

Da waren die zahmen Gänse beleidigt und ließen kein einziges Schnattern mehr hören.

Aber die Wildgänse schwebten noch tiefer hinab, sodass sie fast den Boden berührten, schossen dann blitzschnell wieder hoch, als hätten sie sich furchtbar erschreckt. »Oje, oje!«, riefen sie. »Das sind ja gar keine Gänse! Das sind ja nur Schafe! Nur Schafe!«

Das machte die zahmen Gänse rasend und sie schrien wütend: »Abknallen sollen sie euch, allesamt! Abknallen!«

Der Junge musste über dies alberne Gezänk lachen. Doch sofort erinnerte er sich wieder daran, in welch unglücklicher Situation er sich befand, und er begann zu weinen.

Aber schon bald vergaß er die Tränen und lachte wieder; denn schnell und wild zu reiten, das hatte er sich schon immer gewünscht. Aber er hätte es sich nicht träumen lassen, dass er einmal hoch oben durch die Luft reiten würde! Nun genoss er den schnellen Flug durch die frische Luft und ihm war, als flöge er seinem Kummer und allen Sorgen davon.

# *Akka von Kebnekajse*

Der große, zahme Gänserich, der mit den Wildgänsen davongeflogen war, war sehr stolz darauf, dass er nun mit ihnen über die südliche Ebene flog und miterleben durfte, wie sie mit den zahmen Vögeln auf den Höfen ihre Späßchen trieben. Doch alle Glückseligkeit konnte die Müdigkeit, die ihn gegen Mittag überkam, nicht verdrängen. Er atmete tiefer, versuchte einen schnelleren Flügelschlag, blieb aber trotzdem mehr und mehr hinter den anderen zurück.

Als die Wildgänse, die ganz hinten flogen, merkten, dass er nicht mehr mitkam, riefen sie nach der Leitgans an der Spitze der keilförmigen Schar: »Akka von Kebnekajse! Akka von Kebnekajse!«

»Was wollt ihr?«, fragte die Anführerin.

»Der Weiße bleibt zurück! Der Weiße bleibt zurück!«

»Sagt ihm, schneller fliegen ist leichter als langsam!«, rief die Leitgans und flog unbeirrt weiter.

Der Gänserich versuchte den Rat zu beherzigen und flog schneller, dies nahm ihn jedoch so sehr mit, dass er

bald bis auf die Höhe der beschnittenen Kopfweiden gesunken war.
»Akka! Akka! Akka von Kebnekajse!«, riefen erneut die hinten fliegenden Gänse.
»Was ist denn jetzt schon wieder?«, fragte die Leitgans und ihre Stimme klang sehr ärgerlich.
»Der Weiße sinkt! Der Weiße sinkt!«
»Sagt ihm, hoch zu fliegen ist leichter als tief!«, rief die Anführerin.
Der Gänserich befolgte auch diesen Rat, doch als er versuchte wieder an Höhe zu gewinnen, kam er dermaßen außer Atem, dass es ihm fast die Brust zersprengte.
»Akka! Akka!«, tönte es wieder von hinten.
»Ja könnt ihr mich nicht in Ruhe fliegen lassen?«, fragte die Leitgans und klang noch ärgerlicher als zuvor.
»Der Weiße stürzt ab! Der Weiße stürzt ab!«
»Sagt ihm, wer nicht mithalten kann, muss umkehren!«, rief Akka und flog mit unvermindertem Tempo weiter.
»So ist das also!«, keuchte der Gänserich und ihm wurde plötzlich klar, dass die Wildgänse gar nicht daran dachten, ihn nach Lappland mitzunehmen. Vielmehr hatten sie auch mit ihm nur ihr Späßchen getrieben.
Es machte ihn wütend, dass ihn ausgerechnet jetzt die Kräfte verließen und er diesen Landstreichern nicht zeigen konnte, zu welchen Leistungen eine zahme Gans fähig war. Am meisten ärgerte er sich darüber, dass er ausgerechnet in die Schar von Akka von Kebnekajse

geraten war. Obwohl er eine zahme Gans war, hatte er schon viel von ihr gehört. Sie war eine berühmte Leitgans, die hohes Ansehen genoss, und man erzählte sich, dass sie wohl an die hundert Jahre alt sei. Nur die besten Wildgänse schlossen sich ihr an und niemand verachtete die zahmen Gänse mehr als Akka und ihr Gefolge. Nur zu gerne hätte er dieser alten Gans gezeigt, dass er mit ihr mithalten konnte.

Er flog langsam hinter den anderen her und überlegte, ob er umkehren oder weiterfliegen sollte. Da sagte plötzlich der Knirps, den er auf seinem Rücken trug: »Martin, lieber Gänserich! Du musst doch einsehen, dass einer, der noch nie weite Strecken geflogen ist, unmöglich mit den Wildgänsen bis nach Lappland fliegen kann. Willst du nicht umkehren, ehe du dich zu Grunde richtest?«

Dieser Wicht auf seinem Rücken brachte den Gänserich nun vollends aus der Fassung. Das war ja wohl der Gipfel der Unverschämtheit! Da traute der kleine Bauernlümmel ihm doch tatsächlich nicht genügend Kraft für eine solche Reise zu! Und schon hatte er beschlossen auf keinen Fall umzukehren.

»Wenn du noch einmal davon anfängst, werfe ich dich in die erste Mergelgrube, über die wir fliegen!«, rief er. Und vor lauter Wut wuchsen ihm neue Kräfte und auf einmal flog er wieder fast so gut wie die anderen.

Lange hätte er es allerdings nicht mehr geschafft, was glücklicherweise auch nicht nötig war, denn plötzlich

sank die Schar schnell tiefer und genau mit dem Sonnenuntergang setzten sie zur Landung an. Bevor der Junge und der Gänserich sich versahen, befanden sie sich am Ufer des Vombsees.

Hier werden wir wohl übernachten, dachte der Junge und sprang vom Rücken des Gänserichs. Er stand auf einem schmalen Sandstrand und vor ihm erstreckte sich ein ziemlich großer See, der einen recht abweisenden Eindruck machte. Er war fast ganz mit Eis überzogen, das dunkel, uneben und voller Risse war. Bald würde es in der Frühlingssonne geschmolzen sein, an den Uferrändern zeigte sich bereits schwarzes, glänzendes Wasser.

Auf der gegenüberliegenden Seeseite schien das Land

recht freundlich und bebaut zu sein; aber wo die Gänse sich niedergelassen hatten, standen Tannen, unter denen hart gefrorener Schnee lag, der eine eisige Kälte ausstrahlte. Dem Jungen kam es vor, als sei er mitten in eine Schneewüste geraten, und er bekam solche Angst, dass er am liebsten laut losgeheult hätte.

Den ganzen Tag hatte er nichts gegessen und er war sehr hungrig. Aber wo hätte er etwas Essbares hernehmen sollen? Im März wächst noch nichts, weder auf den Feldern noch an den Bäumen.

Woher also etwas zu essen bekommen? Wo schlafen? Wer würde ihm ein Bett geben oder ihn an seinem Feuer sitzen lassen? Und wer würde ihn vor den wilden Tieren beschützen?

Die Sonne war mittlerweile untergegangen und vom See wehte es kalt herüber. Es wurde nun schnell dunkel und mit der Dämmerung schallten viele unheimliche Geräusche vom Wald her zu ihm herüber.

Jetzt war sein froher Mut dahin, mit dem er eben noch durch die Luft gereist war, und voller Angst suchte er nach seinem weißen Reisegefährten, hatte er doch sonst niemanden, an den er sich hätte halten können.

Da sah er, dass es dem Gänserich noch schlechter ging als ihm. Er lag reglos immer noch an der Stelle, wo sie gelandet waren, und alles deutete darauf hin, dass er bald sterben würde. Der Hals lag schlaff auf der Erde, die Augen waren geschlossen, sein Atem war nur noch ein schwaches Pfeifen.

»Lieber Gänserich Martin«, sagte der Junge, »versuche einen Schluck Wasser zu trinken. Es sind kaum zwei Schritte bis zum See!«
Aber der Gänserich rührte sich nicht.
Der Junge war früher mit Tieren, auch mit dem Gänserich, immer sehr schonungslos und hartherzig umgegangen, doch jetzt war der Gänserich seine einzige Hoffnung und er hatte plötzlich große Angst ihn zu verlieren.
So begann er kurzerhand ihn zu stoßen und zu ziehen, um ihn hinunter ans Wasser zu bringen. Das war kein leichtes Stück Arbeit, denn der Gänserich war groß und schwer, aber schließlich hatte er es geschafft.
Mit dem Kopf voran landete der Gänserich im See. Einen Augenblick blieb er still liegen, bis er auf einmal den Kopf bewegte und den Schnabel reckte. Dann schüttelte er sich das Wasser aus den Augen und schnaubte leise und schließlich schwamm er ganz langsam durch das Schilf.
Die Wildgänse lagen auf dem See vor ihm. Seit sie gelandet waren, hatten sie sich weder nach dem zahmen Gänserich noch nach dessen Reiter umgesehen. Sie hatten sich eifrig geputzt und gebadet und schlürften jetzt halb faule Wassergräser und Algen in sich hinein.
Der Gänserich hatte das Glück einen kleinen Barsch zu entdecken, den er geschickt schnappte und dem Jungen brachte. »Der ist für dich zum Dank dafür, dass du mir ins Wasser geholfen hast«, sagte er.

Dies war das erste freundliche Wort, das der Junge an diesem Tag hörte, und er freute sich so sehr darüber, dass er dem Gänserich am liebsten um den Hals gefallen wäre, aber das traute er sich nicht. Aber auch über das Geschenk freute er sich. Zwar glaubte er anfangs, er könne niemals rohen Fisch essen, dann wollte er es aber wenigstens einmal probieren.
Er suchte nach seinem Taschenmesser, das, wenn auch nur so groß wie ein Streichholz, tatsächlich noch an seinem Hosenknopf hing, und reinigte den Barsch damit. Als er ihn auch noch geschuppt hatte, dauerte es nicht lange und er hatte das Fischlein ganz aufgegessen.
Als er nun satt war, schämte er sich richtig, weil er etwas Rohes so hatte verschlingen können, und er dachte: Ich bin wohl tatsächlich kein Mensch mehr, sondern durch und durch ein Wichtelmännchen!
Der Gänserich hatte die ganze Zeit neben ihm gestanden und ihm beim Essen zugesehen. Jetzt sagte er leise: »Wir sind da unter ein ziemlich eingebildetes Gänsevolk geraten, das alle zahmen Gänse verachtet.«
»Das habe ich auch schon gemerkt«, erwiderte der Junge.
»Es reizt mich sehr, mit ihnen bis nach Lappland zu fliegen, um ihnen zu beweisen, dass auch eine zahme Gans etwas leisten kann! Und schließlich ist das ja auch eine Sache der Ehre, verstehst du?«, sagte der Gänserich.
»Oh, jaaa«, antwortete der Junge gedehnt und wollte

ihm nicht widersprechen, obwohl er bezweifelte, dass der Gänserich dies schaffen würde.
»Allerdings glaube ich nicht«, fuhr der Gänserich fort, »dass ich das ohne fremde Hilfe schaffe. Deshalb möchte ich dich bitten mich auf dieser Reise zu begleiten und mir zu helfen.«
Der Junge hatte natürlich immer nur daran gedacht, so schnell wie möglich wieder nach Hause zu kommen, und war nun so verwirrt, dass er nicht wusste, was er dazu sagen sollte.
»Wir können uns doch gar nicht leiden«, gab der Junge schließlich zu bedenken. »Sind wir nicht sogar verfeindet?«
Aber daran schien der Gänserich sich nicht zu erinnern. Er wusste nur, dass der Junge ihm vorhin das Leben gerettet hatte.
»Eigentlich würde ich ganz gern wieder nach Hause zu meinen Eltern zurückkehren«, sagte der Junge.
»Keine Angst«, entgegnete der Gänserich, »ich werde dich schon rechtzeitig wieder nach Hause bringen. Und ich werde bei dir bleiben, bis ich dich wohlbehalten auf der Türschwelle abgesetzt habe!«
Der Junge dachte, es könnte vielleicht ganz gut sein, wenn er seinen Eltern noch nicht so bald wieder unter die Augen träte, und er begann an dem Vorschlag Gefallen zu finden. Gerade wollte er zustimmen, da hörte er plötzlich ein gewaltiges Donnern hinter sich. Alle Wildgänse hatten sich fast gleichzeitig aus dem See er-

hoben und dabei dieses Geräusch verursacht. Jetzt schüttelten sie das Wasser aus dem Gefieder und bildeten eine lange Reihe. Die Leitgans an der Spitze, kamen sie auf die beiden zu.
Als der weiße Gänserich das sah, war ihm gar nicht wohl zu Mute. Er betrachtete die Wildgänse und fand, dass sie den zahmen Gänsen nicht sehr ähnlich sahen. Sie waren viel kleiner und grau, manchmal bräunlich, und sie hatten Furcht einflößende Augen, die gelb funkelten. Den zahmen Gänsen hatte man immer beigebracht, dass es sich gehöre sich langsam watschelnd fortzubewegen. Aber diese hier gingen überhaupt nicht, sie schienen eher hüpfend zu laufen. Am meisten erschreckten ihn aber ihre Füße. Die waren sehr groß und hatten ganz rissige Sohlen, denen man ansah, dass die Wildgänse keine Umwege machten und gewohnt waren achtlos über Stock und Stein zu gehen. Ansonsten waren sie recht ordentlich und gepflegt.
Der Gänserich konnte dem Jungen gerade noch zuflüstern, er solle immer schnell antworten, wenn er etwas gefragt würde, aber bloß nicht seine Herkunft verraten und keinesfalls sagen, dass er ein Mensch sei!
Da standen die Wildgänse auch schon vor ihnen, nickten heftig mit den Köpfen und der Gänserich tat es ihnen gleich. Nach dieser ausgiebigen Begrüßung sprach die Anführerin: »Nun würden wir gern erfahren, wer ihr seid!«
»Über mich gibt es nicht viel zu erzählen«, begann der

Gänserich. »Ich wurde letztes Jahr in Skanör geboren und im Herbst an Holger Nilsson nach Westvemmenhög verkauft, wo ich seitdem gelebt habe.«

»Du kommst also nicht einmal aus einer besseren Familie«, sagte die Leitgans, »wieso bildest du dir ein, du könntest es mit uns aufnehmen?«

»Vielleicht, um euch zu beweisen, dass auch wir zahmen Gänse etwas können«, antwortete der Gänserich selbstbewusst.

»Es wäre schön, wenn dir das gelänge«, sagte die Leitgans. »Wie phantastisch du fliegen kannst, hast du uns ja schon bewiesen, aber vielleicht verfügst du noch über andere herausragende Fähigkeiten. Bist du vielleicht ein guter Langstreckenschwimmer?«

»Nun, das will ich nicht gerade von mir behaupten«, erwiderte der Gänserich und er merkte, dass die Leitgans wohl schon entschlossen war ihn nach Hause zu schicken, und sprach ganz offen weiter: »Ich bin einmal durch unsere Mergelgrube geschwommen, weiter nicht.«

»Dann bist du aber wenigstens gut zu Fuß?«, hakte die Gans nach.

»Hast du schon einmal eine Gans gesehen, die gut im Laufen und Springen ist? Ich nicht!«, erwiderte der Gänserich und machte die Sache immer schlimmer. Ihm war nun völlig klar, dass sie ihn auf gar keinen Fall mitnehmen würden. Daher war er ganz überrascht, als die Leitgans sagte: »Es gehört schon etwas Mut dazu, auf meine Fragen so offen und ehrlich zu antworten, und mutige Reisegefährten können wir immer gebrauchen, auch wenn sie zunächst eher lästig sind. Wenn du willst, kannst du ein paar Tage bei uns bleiben! Dann sehen wir ja, was du wirklich kannst.«

»Einverstanden«, rief der Gänserich erleichtert.

Und nun zeigte die Anführerin mit dem Schnabel auf den Jungen und fragte: »Wen hast du denn da bei dir? So einen habe ich ja noch nie gesehen!«

»Das ist mein Freund«, erwiderte der Gänserich, »er hatte sein ganzes Leben lang mit Gänsen zu tun und kann uns auf der Reise bestimmt manchen guten Dienst erweisen.«

»Für eine zahme Gans mag das ja gelten . . .«, antwortete die Leitgans. »Wie heißt er denn?«

»Er hat mehrere Namen«, sagte der Gänserich zögernd, und da er keinen Menschennamen nennen wollte, sagte er nach kurzem Nachdenken: »Er heißt Däumling!«

»Aus dem Geschlecht der Wichtelmännchen?«, fragte die Gans.

Um dieser und weiteren Fragen auszuweichen, wechselte der Gänserich schnell das Thema und fragte: »Wann geht ihr Wildgänse eigentlich schlafen? Mir fallen schon fast die Augen zu!«

Sie standen sich gegenüber und er sah, dass sie schon sehr alt sein musste. Ihr Federkleid war eisgrau, der Kopf groß und die Füße zerschundener als die der anderen. Nur ihre Augen hatten einen jugendlichen Glanz und

sahen jünger aus als die aller anderen. Nun richtete sie feierlich das Wort an ihn: »Ich bin Akka von Kebnekajse. Die Gans, die unmittelbar zu meiner Rechten fliegt, ist Yksi von Vassijaure. Zu meiner Linken fliegt Kaksi von Nuolja. Die zweite von rechts ist Kolme von Sarjektjakko und die zweite von links Neljä von Svappawaara. Dahinter fliegen Viisi von Oviksfjällen und Kuusi von Sjangeli. Du sollst auch wissen, dass diese und die sechs Gänse, die ganz hinten fliegen, Hochlandwildgänse aus den besten Familien sind. Du darfst uns also nicht für Landstreicher halten und nicht glauben, dass wir mit jemandem den Schlafplatz teilen, der nicht sagen will, von welchem Geschlecht er abstammt.«
Nachdem die Leitgans so gesprochen hatte, trat der Junge hastig nach vorn. Es hatte ihm nicht gefallen, dass der Gänserich, der sich so mutig zu seiner eigenen Herkunft bekannt hatte, so ausweichend geantwortet hatte, als es um ihn ging.
»Ich will nicht verheimlichen, wer ich bin«, sagte er. »Mein Name ist Nils Holgersson und ich bin der Sohn eines armen Bauern. Bis heute war ich ein Mensch, aber heute Morgen –«
Weiter kam der Junge nicht. Er hatte kaum das Wort Mensch ausgesprochen, als Akka drei Schritte zurückgetreten war und mit ihr alle anderen Wildgänse. Nun zischten sie zornig und reckten die Hälse nach ihm.
»Du bist mir gleich verdächtig vorgekommen, als ich dich hier am Ufer sah. Und jetzt musst du dich auf der

Stelle entfernen, wir dulden keine Menschen unter uns«, sagte Akka von Kebnekajse.

Der Gänserich versuchte einzulenken. »Es kann doch wohl nicht sein«, sagte er, »dass ihr Wildgänse vor solch einem Knirps Angst habt! Morgen macht er sich auf den Nachhauseweg, aber über Nacht kann er doch bei uns bleiben. Wir können ihn doch in dieser Wildnis mit Fuchs und Wiesel nicht allein lassen!«

Akka näherte sich vorsichtig und konnte ihre Angst nicht verbergen.

»Man hat mich gelehrt, mich vor allem, was Mensch heißt, zu fürchten, egal, ob groß oder klein«, sagte sie. »Wenn du, Gänserich, allerdings die Verantwortung für diesen Menschen übernimmst und aufpasst, dass er kein Unheil anrichtet, so kann er über Nacht bleiben. Ich glaube aber, unser Nachtquartier ist weder für ihn noch für dich sehr angenehm, denn wir werden da draußen auf den Eisschollen schlafen.«

Hatte sie geglaubt den Gänserich damit abschrecken zu können, so hatte sie sich getäuscht. »Ihr habt eine kluge Wahl getroffen«, sagte er unbeirrt, »das ist ein sehr sicherer Schlafplatz.«

»Aber du garantierst, dass er morgen nach Hause zurückkehrt!«

»Dann muss auch ich euch morgen verlassen«, sagte der Gänserich, »denn ich habe versprochen, bei ihm zu bleiben.«

»Es steht dir frei zu fliegen, wohin du willst«, entgegnete die Leitgans. Mit diesen Worten schwang sie die Flügel und flog auf das Eis hinaus und eine Wildgans nach der anderen folgte ihr.

Der Junge war traurig darüber, dass aus der Reise nach Lappland nun doch nichts werden sollte, und außerdem fürchtete er sich vor der kalten Nacht. »Es wird immer

schlimmer, Gänserich«, sagte er, »wir werden draußen auf dem Eis bestimmt erfrieren!«
Doch der Gänserich war guten Mutes. »Darüber mach dir keine Gedanken«, sagte er. »Sammle jetzt nur schnell so viel Stroh und Gras, wie du tragen kannst.«
Als der Junge schließlich die Arme voller Spreu und Gras hatte, packte ihn der Gänserich mit dem Schnabel beim Kragen und flog ihn hinüber aufs Eis zu den Wildgänsen, die bereits ihre Schnäbel unter die Flügel gesteckt hatten und schliefen.
»Breite das Gras auf dem Eis aus«, sagte der Gänserich, »damit ich darauf stehen kann und nicht festfriere. Du hilfst mir und ich helfe dir!«
Nachdem der Junge das Gras verteilt hatte, packte ihn der Gänserich erneut beim Kragen und steckte ihn unter seinen Flügel. »Hier hast du es warm und bequem«, sagte er und drückte den Flügel sanft an.
Der Junge war so gut in den Daunen eingebettet, dass er nicht einmal mehr antworten konnte. Warm und schön lag er und er war so müde, dass er im nächsten Augenblick eingeschlafen war.

*

Bekanntlich ist Eis trügerisch und man kann sich nicht darauf verlassen. Die Eisscholle auf dem Vombsee begann mitten in der Nacht sich zu bewegen und stieß wenig später an das Ufer.

Dies sah ausgerechnet Smirre, der Fuchs, der auf der Ostseite des Sees wohnte und gerade auf seiner nächtlichen Jagd war. Smirre hatte die Wildgänse schon am Abend gesehen, ohne indes zu hoffen eine von ihnen erwischen zu können. Aber jetzt huschte er sofort auf das Eis.

Er hatte sich schon ganz dicht an die Wildgänse herangeschlichen, als er ausrutschte und seine Krallen ein kratzendes Geräusch verursachten. Die Gänse waren sofort wach und schlugen mit den Schwingen, um davonzufliegen. Aber Smirre war schneller. Er schoss nach vorn, als hätte man ihn geworfen, schnappte sich eine der Wildgänse am Flügel und sprang mit ihr zurück an Land.

Aber in dieser Nacht waren die Wildgänse nicht allein draußen auf dem Eis – sie hatten einen Menschen bei sich, wenn er auch noch so klein war!

Der Junge war aufgewacht, als der Gänserich mit den Flügeln geschlagen hatte. Er war aufs Eis gefallen und hatte schlaftrunken dagesessen. Zuerst konnte er sich gar nicht erklären, was hier vorging, bis er plötzlich einen kleinen Hund mit einer Gans im Maul davonlaufen sah. Sofort sprang er auf und rannte hinter dem Hund her, um ihm die Gans wieder abzunehmen. Er hörte gerade noch, wie der Gänserich rief: »Däumling, pass auf! Nimm dich in Acht!«

Doch der Junge verstand nicht, wieso er sich vor einem kleinen Hund fürchten sollte, und rannte weiter.

Die Wildgans, die der Fuchs Smirre gepackt hatte, hörte das Klappern der Holzschuhe auf dem Eis und konnte es nicht fassen. Glaubt dieser Knirps etwa, er könne mich aus Smirres Klauen befreien?, schoss es ihr durch den Kopf. Und so schlimm sie auch dran war, so musste sie bei dieser Vorstellung doch fast lachen.
Jeden Moment wird er in einer Eisspalte verschwinden, dachte sie.
Aber so finster die Nacht auch war, der Junge sah alle Löcher, Risse und Spalten im Eis und sprang geschickt über sie hinweg, denn er hatte ja nun die guten Nachtaugen der Wichtelmännchen und konnte auch im Dunkeln sehen, und zwar genauso wie am Tag.
Der Fuchs verließ das Eis da, wo die Scholle gegen das Ufer gestoßen war, und kletterte nun die Böschung hoch. Da rief der Junge: »Lass die Gans los, du Lümmel!«

Smirre wusste nicht, wer da gerufen hatte. Er kümmerte sich auch weiter nicht darum, sondern rannte nur noch schneller und erreichte einen weiten Buchenwald.
Der Junge blieb ihm auf den Fersen und dachte nicht an die Gefahr, die ihm drohte. Stattdessen musste er immer wieder daran denken, mit welchem Misstrauen und welcher Herablassung die Gänse ihm gestern begegnet waren. Gern hätte er ihnen jetzt bewiesen, dass ein Mensch, und sei er noch so klein, den Tieren überlegen war.
Unentwegt rief er dem Hund vor sich zu seine Beute fallen zu lassen. »Was bist du für ein Hund, dass du dich nicht schämst eine Gans zu stehlen?«, rief er. »Lass sie sofort fallen, sonst gibt es Prügel! Leg sie hin oder ich sage deinem Herrn, wie schlecht du dich benimmst!«
Als Smirre merkte, dass man ihn für einen Hund hielt, der Angst vor Prügel hat, wäre ihm vor Lachen fast die Gans aus dem Maul gefallen.
Smirre war ein erfahrener Räuber, der nicht nur Ratten und Mäuse jagte, sondern sich auch auf die Höfe wagte und dort Hühner und Gänse stahl. In der ganzen Gegend war er gefürchtet und ihm drohte man nun Prügel an, so etwas Lächerliches hatte er noch nie gehört!
Aber der Junge lief aus Leibeskräften und er kam immer näher an Smirre heran. Schließlich war er ihm so nahe, dass er ihn beim Schwanz fassen konnte.
»Jetzt hab ich dich! Her mit der Gans!«, rief er und hielt ihn am Schwanz fest, so gut er konnte. Aber er war viel

zu schwach, um Smirre fest zu halten. Der rannte weiter und riss den Jungen mit sich fort.
Da merkte Smirre, wie harmlos sein Verfolger war. Er blieb stehen, legte die Gans vor sich auf den Boden und setzte ihr die Vorderpfoten auf die Brust. Er machte Anstalten der armen Gans die Kehle durchzubeißen, wollte zuvor aber noch ein wenig diesen kleinen Knirps ärgern, der ihm die ganze Zeit hinterhergelaufen war. »Lauf schon mal los und erzähle meinem Herrn, wie schlecht ich mich benehme«, sagte er, »denn jetzt beiße ich die Gans tot!«
Als der Junge nun die spitze Nase des Räubers sah und dessen höhnische Worte vernahm, geriet er in eine solche Wut, dass er keine Angst mehr kannte. Er umklammerte den Fuchsschwanz noch fester, stemmte sich mit den Füßen gegen eine Wurzel und zog aus Leibeskräften. Der Fuchs wollte gerade zubeißen, als der Junge ihn mit aller Kraft zur Seite zerrte. Dadurch kam die Gans frei und flatterte schwerfällig hoch. Ihre Flügel waren verletzt, überdies konnte sie in der Dunkelheit des Waldes nichts sehen. Durch eine Öffnung in den kahlen Wipfeln der Bäume flatterte sie schließlich mit Müh und Not davon, aber dem Jungen konnte sie nun nicht mehr beistehen.
Smirre stürzte sich auf ihn. »Krieg ich nicht den einen, so krieg ich wenigstens den anderen!«, fauchte er wütend.
»Wenn du dich da nur nicht irrst!«, rief der Junge. Er

fühlte sich wunderbar, weil es ihm gelungen war die Gans zu retten. Außerdem hielt er noch immer den Fuchsschwanz gepackt, und als Smirre sich nun umdrehte, hing der Junge daran und sauste im Kreise mit. Der Fuchs versuchte ihn zu fassen und schnappte nach der Schwanzspitze, wobei er sich immer wieder um sich selbst im Kreis drehte, ohne den Jungen erwischen zu können.

Dem Jungen bereitete dieser nächtliche Rundtanz viel Vergnügen. Er lachte und ärgerte den Fuchs und wurde richtig munter dabei. Doch Smirre war ein ausdauernder Jäger, der so schnell nicht aufgab, und allmählich verging dem Jungen das Lachen und er bekam Angst, der Fuchs könne ihn doch noch erwischen.

Er blickte sich um und sah eine junge Buche, die kerzengerade wie ein Pfahl gewachsen war. Er ließ den Fuchsschwanz augenblicklich los und kletterte flink die Buche hinauf, während Smirre sich noch immer im Kreis drehte.

»Du kannst den Tanz jetzt beenden!«, rief ihm der Junge aus sicherer Entfernung zu.

Smirre war ebenso verdutzt wie wütend über diese Schmach mit dem Kleinen nicht fertig geworden zu sein. Er gab aber noch nicht auf, sondern legte sich unter die Buche, um den Jungen zu bewachen.

Der saß da oben nicht gerade bequem. Er hielt sich an einem Ast fest und hatte keine Möglichkeit auf einen anderen Baum zu wechseln. Auf den Boden konnte er

sich nicht hinunterwagen und es war eiskalt. Er war schon ganz steif gefroren und hatte fast kein Gefühl mehr in den Gliedmaßen. So müde er auch war, traute er sich nicht die Augen zu schließen, aus Angst hinunterzufallen. Außerdem war es nachts im Wald schrecklich unheimlich.

Endlich ging die Sonne auf, und obwohl es immer noch grimmig kalt war, freute sich der Junge doch über das rotgelbe Licht, das immer heller wurde, und bald war alles Grauen der Nacht verschwunden. Überall erwach-

te die Natur zu neuem Leben. Der Specht begann zu hämmern, das Eichhörnchen kam mit einer Nuss aus seinem Bau und die Vögel fingen in den Baumwipfeln an zu singen.
Vom See her hörte er den Ruf der Wildgänse, die sich auf den Weiterflug vorbereiteten, und kurze Zeit später flogen alle vierzehn Gänse über den Wald hinweg. Der Junge rief nach ihnen, aber sie flogen so hoch, dass sie ihn nicht hörten. Sie glaubten bestimmt, der Fuchs habe ihn längst gefressen, und machten sich nicht einmal die Mühe nach ihm zu suchen.
Der Junge weinte fast vor Kummer und Angst, aber die Sonne stand jetzt goldgelb und strahlend am Himmel und machte der ganzen Welt Mut. »Du brauchst dich nicht zu fürchten, Nils Holgersson«, sagte sie, »solange ich da bin.«

## *Montag, 21. März*

Es tat sich im Wald nichts Außergewöhnliches, und zwar in etwa so lange, wie eine Gans braucht, um in Ruhe ihr Frühstück zu verzehren. Doch gerade als der Morgen in den Vormittag überging, segelte plötzlich eine einsame Wildgans durch die Baumwipfel geradewegs auf die junge Buche zu, in welcher der Junge saß, noch immer von Smirre bewacht. Die Gans kam schnell

näher, flog ganz tief und immer tiefer, und als sie dicht genug herangekommen war, machte Smirre einen mächtigen Satz nach ihr und – verfehlte sie. Die Gans flog weiter zum See hinunter.
Es dauerte nicht lange, da kam eine zweite Wildgans angeflogen. Sie fand ihren Weg durch die Wipfel wie die erste und flog noch tiefer und noch langsamer genau auf Smirre zu. Als sie ganz dicht vor ihm war, machte er einen Satz, um sie zu fassen, streifte aber nur mit seinen Ohren ihre Füße und die Gans flog unbehelligt weiter zum See.
Wieder verging eine kleine Weile, bis erneut eine Wildgans auftauchte. Sie flog sehr schwerfällig und langsam und schien Mühe zu haben sich in der Luft zu halten. Schon berührte sie fast den Boden, als Smirre einen gewaltigen Satz machte – und sie um ein Haar erwischte. Kaum war sie ungewöhnlich behände entflogen, als auch schon die vierte Wildgans erschien. Obgleich sie dermaßen unbeholfen und langsam flog, dass Smirre glaubte sie aus dem Stand schnappen zu können, war er verunsichert und fürchtete sich vor einem weiteren Fehlsprung. Er ließ sie daher unbehelligt vorbeifliegen. Aber sie schwenkte noch einmal zurück und kam noch näher in Smirres Reichweite, sodass dieser nicht widerstehen konnte und nach ihr sprang. Geschickt warf sie sich zur Seite und entkam, während Smirre keuchend zurückblieb.
Er hatte sich noch nicht ganz wieder erholt, da erschie-

nen drei Gänse auf einmal. Sie flogen hintereinander wie zuvor schon die anderen ganz gemächlich auf Smirre zu. Der machte wütende Sprünge und versuchte eine nach der anderen zu erreichen, ohne dabei den geringsten Erfolg zu haben.

Schon tauchten am Himmel fünf weitere Wildgänse auf und näherten sich in riskantem Flug Smirre, um ihn zum Sprung zu verleiten. Doch Smirre widerstand der Versuchung und blieb schnaufend am Boden.

Nach einer längeren Pause tauchte wieder eine einzelne Gans auf. Das war schon die dreizehnte und sie war so alt, dass sie ganz grau war und nicht einen einzigen dunklen Streifen auf dem Körper hatte. Sie schien auch etwas an einem Flügel zu haben und flog so jämmerlich schlecht, dass sie fast den Boden berührte. Smirre tat wieder einen hohen Satz, verfehlte sie, rannte hinter ihr her, sprang noch einmal hoch und verfolgte sie schließlich hüpfend und hechelnd zum See hinunter, ohne dass seine Mühe belohnt wurde.

Dann kam die vierzehnte Gans. Sie war ganz weiß und wunderschön anzusehen. Kaum hatte Smirre sie erblickt, da setzte er die letzten Kräfte frei und sprang nach ihr bis kurz unter die Baumwipfel. Aber auch die weiße Gans flog unbehelligt von dannen.

Im Wald war es jetzt ganz still und Smirre erinnerte sich plötzlich seines Gefangenen im Baum. Seit er die erste Gans gesehen hatte, hatte er sich um den Knirps nicht mehr gekümmert. Er spähte nach oben, aber der Junge

war verschwunden. Smirre hatte allerdings nicht viel Zeit sich darüber zu ärgern, denn nun kam die erste Gans schon wieder angeflogen. Er sprang nach ihr, verfehlte sie und dann tauchte eine Gans nach der anderen auf und strich an seiner Nase vorbei. Er schnappte nach allen, verfolgte sie, machte meterhohe Sätze und konnte doch keine einzige erwischen.
Es war dies der schrecklichste Tag in Smirres Leben! Zum Greifen nah, flogen die herrlichsten Gänse an seinem Maul vorbei und er war ausgehungert und wütend, müde und ausgelaugt. Der Hunger eines ganzen Winters war leichter zu ertragen als die Schmach dieses Tages!
Smirre war nicht mehr der Jüngste und oft waren die Hunde hinter ihm her gewesen und die Kugeln waren ihm um die Ohren gepfiffen. Schon vieles hatte er mitgemacht und durchgestanden, aber nichts war zu vergleichen mit dem Gefühl, das er nun jedes Mal empfand, wenn er wieder an einer Gans vorbeisprang.
Am Nachmittag hing Smirres Pelz in Zotteln an ihm hinunter, er war in Schweiß gebadet, seine Augen waren matt, die Zunge hing ihm aus dem keuchenden Maul, aus dem es weiß schäumte.
Aber die Wildgänse hörten noch nicht auf und flogen unermüdlich den ganzen Tag lang hin und her und über ihn hinweg. Ohne Mitleid trieben sie ihr Spiel und Smirre, der kaum noch etwas wahrnahm und nach jedem Schatten sprang, war dem Wahnsinn nahe.

Erst als der Fuchs völlig ermattet und kraftlos am Boden lag und fast schon den Geist aufgegeben hatte, ließen sie von ihm ab.

»Jetzt weißt du, Fuchs, wie es dem ergeht, der sich mit Akka von Kebnekajse einlässt!«, riefen sie ihm ins Ohr und dann ließen sie ihn endlich in Ruhe.

# *Das Leben der Wildvögel*

*Samstag, 26. März*

Den ganzen Tag, an dem die Wildgänse ihr Spiel mit dem Fuchs getrieben hatten, lag der Junge in einem verlassenen Eichhörnchennest und schlief. Als er gegen Abend aufwachte, war er sehr bedrückt. Jetzt werden sie mich bald nach Hause schicken, dachte er, dann muss ich Vater und Mutter alles erklären.

Am anderen Morgen waren die Wildgänse schon vor Sonnenaufgang munter und der Junge war sicher, dass sie ihn und den Gänserich nun gleich auf die Heimreise schicken würden. Aber merkwürdigerweise war davon zunächst gar nicht die Rede. Vielmehr durften die beiden die Wildgänse auf ihrem Morgenausflug begleiten. Der Junge konnte sich nicht erklären, warum die Gänse nicht sofort weiterzogen, dann überlegte er, dass sie dem weißen Gänserich bestimmt noch etwas Erholung gönnen wollten, bevor er sich auf die weite Heimreise machen musste. Wie auch immer: Der Junge war froh über jede Stunde, die er das Wiedersehen mit den Eltern hinauszögern konnte.

Die Wildgänse flogen über den Herrenhof von Övedskloster, der in einem herrlichen Park östlich des Sees gelegen war und von oben ganz wundervoll aussah. Das prächtige Schloss war von niedrigen Mauern, Teichen und Gärten umgeben, in denen schon bunte Frühlingsblumen blühten.

Menschen waren zu dieser frühen Stunde auf dem Hof noch nicht zu sehen, aber vor einer kleinen Hütte lag ein Hund. Die Gänse schwebten ganz nah an die Hundehütte heran und riefen: »Was ist das für eine kleine Hütte? Was ist das für eine kleine Hütte?«

Sogleich fuhr der Hund auf und bellte wütend los: »Nennt ihr das eine Hütte, ihr Landstreicher? Seht ihr nicht, dass das ein großes steinernes Schloss ist? Seht ihr nicht die schönen Mauern, die vielen Fenster und mächtigen Tore, wau, wau, wau? Nennt ihr das eine Hütte? Haben Hütten etwa einen solchen Park, in dem es Buchenwälder und Haselnusssträucher gibt und ein Tiergehege? Wau, wau, wau! Nennt ihr das eine Hütte? Zu dieser Hütte gehört das größte Gut von ganz Schonen! Wau, wau, wau!«

Der Hund brachte dies alles in einem Atemzug heraus und die Gänse kreisten über dem Hofe, bis er endlich Luft holen musste und schwieg, dann riefen sie: »Warum regst du dich denn so auf? Wir haben nicht nach dem Schloss gefragt, sondern nach deiner Hundehütte!«

Der Junge lachte lauthals über diesen Scherz, wurde aber sofort wieder ernst, denn er musste daran denken,

wie viele solch schöner Episoden und Scherze er noch erleben würde, wenn sie ihn mit nach Lappland nähmen.

»Ach«, seufzte er, »dürfte ich doch nur mit auf die Reise gehen! Mein Leben habe ich ja schon gänzlich verpfuscht, da wäre dies noch das Beste, was mir passieren könnte.«

Unterdessen waren die Wildgänse auf einen der großen Äcker jenseits des Herrenhofes geflogen und hatten sich dort niedergelassen, um Wintergras zu fressen. Der Junge sah sich derweil im angrenzenden Park um und suchte die Haselnusssträucher nach Nüssen ab, die vielleicht vom Herbst noch übrig geblieben waren. Dabei kreisten seine Gedanken immer wieder um die drohende Heimreise und er malte sich einmal mehr aus, wie schön es sein würde, wenn er bei den Wildgänsen bleiben dürfte. Zwar würde er bestimmt oft hungern und frieren, aber er müsste dafür weder arbeiten noch lernen.

Plötzlich ließ sich die alte Leitgans neben ihm nieder und erkundigte sich danach, ob er etwas Essbares gefunden habe. Als sie hörte, dass er bisher vergeblich gesucht hatte, half sie ihm, fand jedoch auch keine einzige Haselnuss, sondern nur ein paar Hagebutten in einem wilden Rosenbusch. Der Junge aß sie mit großem Appetit und fragte sich, was seine Mutter wohl sagen würde, wenn sie wüsste, dass sich ihr Sohn von rohen Fischen und vertrockneten Hagebutten ernährt.

Als die Wildgänse satt waren, flogen sie zurück zum See und vergnügten sich bis mittags mit allerlei Spielen, zu denen sie auch den weißen Gänserich aufforderten. Der schwamm und flog mit ihnen um die Wette und tat sein Bestes, war den flinken Wildgänsen aber immer unterlegen. Der Junge saß auf seinem Rücken, feuerte den Gänserich an und hatte genauso viel Freude wie alle anderen.

Als sie genug gespielt hatten, flogen die Wildgänse aufs Eis hinüber, um ein paar Stunden zu ruhen. Anschließend wurde wieder gefressen und das ausgelassene Spiel ging weiter bis zum Sonnenuntergang. Da versammel-

ten sie sich wieder alle auf dem Eis und steckten zum Schlafen die Köpfe unter die Flügel.
So ein Leben würde mir gefallen, dachte der Junge, als er unter den Flügel des Gänserichs kroch. Aber morgen werden sie mich wohl nach Hause schicken.
Doch am anderen Morgen war gar nicht die Rede davon, dass er fort sollte. Es war schon Mittwoch, aber die Wildgänse schienen es nicht eilig zu haben. Sie verbrachten den ganzen Tag wie gestern mit kleinen Ausflügen, Fressen und ausgelassenem Spiel. Die Zeit verging wie im Fluge und dem Jungen gefiel das Leben mit den Wildgänsen immer besser. Vielleicht schicken sie mich ja doch nicht fort!, dachte er vergnügt.
Am Donnerstag weideten die Wildgänse vormittags wieder auf einem der Äcker in der Nähe des Sees und der Junge war in der näheren Umgebung auf der Suche nach etwas Essbarem. Erneut ließ Akka sich neben ihm nieder und zeigte ihm eine Kümmelkrautpflanze, die noch voller Samen war und die er gierig aß.
Als der Junge fertig war, sagte Akka, sie finde, der Junge streife etwas zu sorglos und unbekümmert in der Gegend umher. Ob er eigentlich nicht wisse, vor wie vielen Feinden sich so ein kleiner Wicht wie er hüten müsse?
Nein, das wisse er nicht, entgegnete der Junge und Akka zählte sie ihm auf.
»Im Wald«, begann sie, »musst du auf Marder und Fuchs achten. In der Nähe des Ufers streift der Fischotter umher, und wenn du auf einem Steinmäuerchen

hockst, musst du mit dem Wiesel rechnen, das durch die kleinsten Löcher schlüpfen kann. Bevor du dich auf einen Laubhaufen setzt, solltest du nachschauen, ob darin nicht eine giftige Kreuzotter überwintert.«
Dem Jungen war schon ganz mulmig geworden, doch Akka war längst noch nicht fertig. »Kommst du aufs offene Feld hinaus«, fuhr sie fort, »so achte auf Habicht und Geier, auf Adler und Falke, die hoch in der Luft schweben und auf Beute lauern. In einem Haselnussstrauch kann dich ein Sperber angreifen und überall gibt es Dohlen und Krähen, denen man nicht trauen kann. Nach Einbruch der Dämmerung musst du auf die Eule achten, die fast geräuschlos heransegelt und die du deshalb erst bemerkst, wenn es schon zu spät ist.«
Als der Junge von so vielen Feinden hörte, die ihm mit dem Tode drohten, gab er alle Hoffnung auf ein langes Leben auf. Er hatte zwar keine besondere Angst vor dem Tod, es grauste ihn aber bei der Vorstellung von einem wilden Tier bei lebendigem Leibe gefressen zu werden. So fragte er Akka, was er tun könne, um diesen Raubtieren zu entgehen.
Akka antwortete sofort, er müsse versuchen sich mit den kleinen harmlosen Tieren in Wald und Feld anzufreunden, mit den Eichhörnchen und Hasen, den Finken, Meisen, Spechten und Lerchen. Wenn er deren Vertrauen gewänne, dann würden sie ihn vor Gefahren warnen, ihm Verstecke zeigen und sich in größter Not auch zusammentun, um ihm zu helfen.

Der Junge dachte an diesen Rat, als er später am Tag das Eichhörnchen Sirle traf. Er wollte sogleich mit Sirle Freundschaft schließen, doch das Eichhörnchen verhielt sich sehr abweisend: »Erwarte nur keine Hilfe von mir und den anderen kleinen Tieren«, sagte es. »Glaubst du etwa, wir wüssten nicht, dass du der Gänsehirt Nils bist, der voriges Jahr die Schwalbennester heruntergerissen und die Stareneier zerbrochen hat? Du hast außerdem Krähenjunge in die Mergelgrube geworfen, Drosseln gefangen und Eichhörnchen in einen Käfig gesperrt! Du musst dir schon selbst helfen und kannst froh sein, wenn wir uns nicht zusammentun und dich nach Hause jagen!«

Eine solche Antwort hätte der Junge früher nicht hingenommen, aber jetzt fürchtete er nur, die Wildgänse könnten von seinen Schandtaten erfahren und ihn sofort wegschicken. Dabei hatte er sich in den letzten Tagen so viel Mühe gegeben es allen recht zu tun und bloß niemandem ein Haar zu krümmen und vor Akka hatte er jeden Morgen die Mütze gezogen und sich tief verbeugt. Nun hatte er wieder große Angst nicht mit auf die Reise zu dürfen und diese Vorstellung quälte ihn den ganzen Tag.

Nun ergab es sich, dass er am Abend hörte, ein Bauer habe das Weibchen des Eichhörnchens Sirle geraubt und halte es in einem Käfig gefangen. Der Junge ging der Sache nach und fand bald heraus, dass man das Weibchen im Park von Övedskloster gefangen und auf

einen nahe gelegenen Bauernhof gebracht hatte. Sofort machte er sich auf und erreichte den Hof bei Einbruch der Dunkelheit.
Dort herrschte viel Betrieb, denn man war offensichtlich mit der Vorbereitung einer großen Feier beschäftigt. Der Junge erblickte sofort den kleinen Käfig, in dem das Eichhörnchen gefangen gehalten wurde; er hing an einem Draht neben dem Hoftor. Ohne zu zögern, kletterte der Junge im Schutze der Dunkelheit die Mauer hoch und schwang sich auf das Gittergestell.

Verängstigt sah ihn das Eichhörnchen an und er musste es erst beruhigen und erzählte ihm, wer er sei und woher er komme. Dann versuchte er die Käfigtür zu öffnen, was ihm trotz aller Anstrengung nicht gelang.

»Meine Jungen werden erfrieren und verhungern«, jammerte das Weibchen, »wenn ich diese Nacht nicht zu ihnen kann!« Der Junge verdoppelte seine Anstrengungen, suchte nach einem geeigneten Werkzeug, doch er fand keines und bekam die Käfigtür nicht auf.

»Sag mir, wo deine Jungen sind«, flüsterte er, »ich laufe und bringe sie dir. Sie passen bestimmt durch die Gitterstäbe!«

Da beschrieb das Eichhörnchen ihm genau die Stelle im Park, wo der Baum stand, auf dem es mit Sirle das Nest hatte, und der Junge sauste los. Er fand das Nest auf Anhieb und nahm vorsichtig die Jungen heraus. Es waren vier halb nackte und halb blinde, erst zwei Tage alte Eichhörnchen.

Wohlbehalten erreichte er mit ihnen wieder den Hof und legte sie dem Weibchen, das überglücklich war, in den Käfig. Dies aber hatte zufällig die alte Bäuerin gesehen und zunächst ihren Augen nicht getraut. Sie ging an den Käfig, sah hinein, schüttelte den Kopf und rief sogleich die ganze Festgesellschaft zusammen: »Ein Wichtelmännchen hat die Jungen des Eichhörnchens gebracht! Kommt schnell und seht!«

Die Leute lachten und winkten ab. Zu dieser Jahreszeit gäbe es noch gar keine jungen Eichhörnchen, sagten sie.

Doch die alte Bäuerin bestand darauf, dass man sich überzeuge und im Käfig nachsehe. Man tat es schließlich, und siehe da, auf dem Lager aus Laub lagen vier winzig kleine Junge.
Als der Bauer, der den Fang gemacht hatte, dies sah, sagte er: »Ob das nun mit rechten Dingen zugegangen ist oder nicht, ich habe mich so schäbig benommen, dass ich mich vor Tier und Mensch schämen muss!« Mit diesen Worten nahm er das Eichhörnchen mitsamt den vier Jungen aus dem Käfig und legte sie behutsam der alten Bäuerin in die Schürze. »Geh in den Park und gib ihnen die Freiheit wieder«, sagte er.
Als der Junge am anderen Tag wieder in den Park kam, hörte er in jedem Busch die Buchfinken davon singen, wie das Weibchen des Eichhörnchens Sirle durch Räuberhand seinen neugeborenen Jungen entrissen worden war und wie der Gänsehirt Nils sein Leben aufs Spiel gesetzt und ihm die Kleinen zurückgebracht hatte, und sie erzählten immer wieder die ganze Geschichte in allen Einzelheiten.
»Wer war je im Park von Övedskloster mehr gefeiert«, sangen die Buchfinken, »als Däumling, vor dem alle Angst hatten, als er noch der Gänsehirt Nils war!? Sirle schenkt ihm Nüsse, die Hasen liegen ihm zu Füßen, die Rehe nehmen ihn auf den Rücken und bringen ihn in Sicherheit, wenn der Fuchs Smirre sich nähert, die Meisen warnen ihn vor Raubvögeln und die Lerchen singen von seiner Heldentat!«

Der Junge war sicher, dass auch Akka und die Wildgänse dies alles mitbekommen hatten, aber trotzdem verging der ganze Freitag, ohne dass ihm gesagt worden wäre, er dürfe bei ihnen bleiben.

Bis Samstag weideten die Gänse ungestört auf den Äckern am See. Aber als sie sich Samstagmorgen wieder auf dem Feld niederlassen wollten, lag dort Smirre auf der Lauer und verfolgte sie von einem Feld zum anderen. Als Akka sah, dass der Fuchs nicht daran dachte, sie in Ruhe zu lassen, fasste sie einen schnellen Entschluss: Sie stieg hoch in die Luft und führte ihre Schar mehrere Meilen weit über die Ebenen von Färs und den Linderöder Bergrücken. Erst in der Gegend von Vittskövle ließen sie sich nieder.

Dann kam der Sonntag und eine ganze Woche war nun vergangen, seit der Junge verzaubert worden war, und noch immer war er so winzig wie am ersten Tag. Aber seine Hauptsorge galt jetzt nur der einen Frage, ob er bei den Wildgänsen bleiben durfte.

Während ihn zum wiederholten Male diese Frage quälte, sah er auf einmal Akka und die anderen Gänse in einer langen Reihe auf sich zukommen. Ihr Gang war feierlich und getragen und der Junge ahnte, dass sie ihm nun ihre Entscheidung mitteilen würden.

Die Gänse standen nun alle vor ihm und Akka sprach: »Du wirst dich sicher schon gewundert haben von mir noch kein Wort des Dankes dafür gehört zu haben, dass du eine von uns vor Smirre gerettet hast, aber ich bedanke mich nun einmal lieber mit Taten als mit Worten und ich glaube, lieber Däumling, dir heute mit einer ganz besonderen Mitteilung eine große Freude machen zu können. Ich habe mich nämlich mit dem Wichtelmännchen, das dich verzaubert hat, in Verbindung gesetzt, um es dazu zu bewegen, den Zauber wieder aufzuheben. Das war nicht leicht, und erst als ich ihm erzählt habe, wie gut du dich bei uns führst, hat es schließlich zugestimmt und sich bereit erklärt dich nach deiner Rückkehr wieder in einen Menschen zu verwandeln.«

Sosehr der Junge sich anfangs auch über Akkas Worte gefreut hatte, so enttäuscht war er jetzt, dass sie mit keinem Wort die Reise erwähnt hatte. Er sagte kein einziges Wort, drehte sich nur zur Seite und weinte.

»Was soll denn das?«, fragte Akka. »Hattest du etwa noch mehr erwartet?«

»Ich will mit euch in den Norden! Nach Lappland!«, brach es da aus dem Jungen heraus und die Tränen flossen noch heftiger.

»Das Wichtelmännchen ist ein recht kauziges Geschöpf«, sagte Akka. »Wenn du sein Angebot jetzt ausschlägst und nicht sofort nach Hause zurückkehrst, könnte es sein, dass es sein Angebot später wieder rückgängig macht, und dann wirst du nie wieder ein Mensch.«

Aber diese Drohung konnte den Jungen nicht einschüchtern. Er hatte in seinem ganzen Leben eigentlich noch nie einen Menschen so richtig gemocht. Weder die

Eltern noch einen Lehrer oder einen Klassenkameraden. Einen Freund oder eine Freundin hatte er auch nicht, nein, er hatte keinen Menschen, nach dem er sich zurücksehnte.

»Ich will nicht wieder Mensch sein!«, jammerte er. »Ich will mit euch nach Lappland! Was glaubt ihr, warum ich die ganze Woche so brav gewesen bin?«

»Diesen Wunsch will ich dir nicht abschlagen«, sagte Akka. »Du kannst uns gerne begleiten, aber überlege es dir gut, du könntest es eines Tages bereuen!«

»Nein«, rief der Junge sofort, »da wird es nichts zu bereuen geben! Noch nie hatte ich es so gut wie bei euch!«

»Gut, dann soll es so sein, wie du willst«, sagte Akka.

»Vielen Dank!«, rief der Junge und war so glücklich, dass er vor lauter Freude weinen musste.

# *Im Regenwetter*

*Mittwoch, 30. März*

Solange sich die Wildgänse in der Nähe des Vombsees aufgehalten hatten, war das Wetter schön gewesen. Am selben Tag, als sie nach Norden aufbrachen, setzte der Regen ein. Stundenlang saß der Junge, vor Kälte zitternd, auf dem Rücken des Gänserichs und der Regen drang ihm bis auf die Haut.
Am Morgen war es noch hell und klar gewesen und die Wildgänse waren gleichmäßig und zügig in geordneter Formation dahingezogen, Akka immer vorneweg.
Sie hatten sich dieses Mal nicht die Zeit genommen mit den Tieren auf den Feldern ihre Späßchen zu treiben, sondern riefen nur immer wieder im Rhythmus der Flügelschläge ihren üblichen Lockruf: »Wo bist du? Hier bin ich! Wo bist du? Hier bin ich!«
Alle riefen ständig diese Worte und unterbrachen sich nur, um dem weißen Gänserich hier und da eine der Wegmarkierungen zu zeigen, an denen sie sich orientierten.

Der Flug war recht eintönig, und als die Regenwolken am Horizont aufzogen, dachte der Junge, das sei endlich einmal eine kleine Abwechslung. Früher, als er die Regenwolken immer nur von unten sehen konnte, waren sie ihm grau und langweilig erschienen, aber hier oben war das ganz anders.

Der Junge sah deutlich, dass die Wolken riesige Lastkähne waren, die schwer beladen am Himmel daherglitten. Die einen waren mit großen grauen Säcken voll gestopft, andere mit gewaltigen Tonnen, die so groß waren, dass sie ganze Seen fassen konnten, wieder andere trugen dicke Flaschen und große Töpfe. Die Ladungen wurden zusammengefahren, bis sie den ganzen Himmel füllten, und dann schüttete es plötzlich, als habe jemand ein Zeichen gegeben, aus allen Säcken, Tonnen, Flaschen und Töpfen und das Wasser rauschte nur so vom Himmel herab.

Auf der Erde begrüßten die kleinen Vögel in den Sträuchern und auf den Wiesen diesen ersten Frühlingsregen und ihr freudiges Gezwitscher drang bis hoch zu den Gänsen.

»Regen, Regen! Jetzt bekommen wir Regen«, sangen die Vögel. »Der Regen bringt uns den Frühling und mit dem Frühling kommen die Blätter und Blumen und die Blätter und Blumen geben uns Raupen und Käfer und ganz viel leckeres Futter, das beste, das es gibt!«

Auch die Wildgänse freuten sich über den Regen, der die Pflanzen aus dem Winterschlaf weckte und die Seen

vom letzten Eis befreite, und als sie über die ausgedehnten Kartoffelfelder flogen, riefen sie ausgelassen: »Aufgewacht da unten! Der Frühling ist da! Ihr habt lange genug gefaulenzt, macht euch jetzt wieder nützlich!«
Aber mit der Ausgelassenheit war es vorbei, als der Regen immer dichter wurde und gar nicht mehr aufhören wollte. Als es auch am Nachmittag noch regnete, wurden die Gänse ungeduldig und riefen den durstigen Wäldern rund um den Ivösee zu: »Habt ihr denn noch immer nicht genug? Habt ihr denn noch immer nicht genug?«
Der Regen fiel dichter, trommelte auf das Gefieder und ging durch die eingeölten Federn bald bis auf die Haut. Über der Erde zog sich dichter Nebel zusammen und ließ Berge, Seen und Wälder ineinander verschwimmen, sodass die Orientierung für die Wildgänse immer schwieriger und der Flug immer langsamer wurde. Längst waren alle fröhlichen Rufe verstummt und der Junge litt zunehmend unter der grimmigen Kälte.
Trotzdem hatte ihn der Mut nicht verlassen, solange er durch die Luft geritten war. Und auch als sich die Wildgänse am Abend unter einer kleinen Kiefer niedergelassen hatten, mitten in einem Moorgebiet, wo alles nass und klamm war und auf einigen Grasbüscheln noch Schnee lag, während andere kahl aus dem schwarzen Eiswasser ragten, war er noch recht guter Dinge gewesen, war herumgelaufen und hatte sogar ein paar genießbare Beeren gefunden. Aber dann kam die Nacht

und es wurde so finster, dass selbst der Junge nichts mehr sehen konnte.
Zwar lag er gut behütet unter dem Flügel des Gänserichs, aber die Luft war so nasskalt und die völlige Dunkelheit so unheimlich, dass er nicht einschlafen konnte. Überall raschelte und prasselte es, drohende Stimmen erklangen und der Junge litt eine solche Todesangst, dass er es nicht mehr aushielt.
Ob ich mich ausnahmsweise nur diese eine Nacht zu den Menschen wagen kann?, fragte er sich. Ich will ja nur ein bisschen im Warmen sitzen und etwas essen und wäre noch vor Sonnenaufgang wieder zurück.
Er kroch vorsichtig unter dem Flügel hervor und ließ sich auf den Boden gleiten, ohne dass der Gänserich oder eine der Wildgänse etwas merkte. Leise schlich er über das Moor.
Er wusste nicht genau, in welcher Gegend er sich eigentlich befand, ob in Schonen, Smaland oder Blekinge. Aber kurz vor der Landung hatte er ganz in der Nähe das helle Licht einer größeren Ortschaft gesehen und in diese Richtung marschierte er nun. Schon bald kam er auf einen befestigten Weg, der schließlich in eine von Bäumen gesäumte Landstraße überging, an der ein Hof neben dem anderen lag.
Der Junge befand sich in einem der größeren Kirchdörfer, wie sie weiter nördlich überall anzutreffen sind. Die hell gestrichenen Holzhäuser mit ihren blauen und grünen Türen waren reichlich mit Schnitzereien verziert

und hatten nicht selten Veranden, die mit bunten Glasscheiben versehen waren. Der Junge ging durch die menschenleere Straße und bewunderte die Häuser, aus deren warmen Stuben fröhliche Stimmen zu ihm nach draußen klangen. Die Leute lachten und redeten, und obwohl er ihre Worte nicht verstehen konnte, tat es ihm doch gut, einfach nur menschliche Stimmen zu hören. Was würden sie wohl sagen, wenn ich einfach irgendwo anklopfte und darum bäte, hereingelassen zu werden?, überlegte er.
Und das war ja letztlich der Grund, warum er überhaupt hierher gekommen war! Seit er jedoch die erleuchteten Fenster gesehen hatte, war seine Angst verflogen. Stattdessen spürte er wieder stärker seine Abneigung den Menschen gegenüber, die er schon früher immer gehabt hatte. Ich werde mich zunächst noch etwas hier umsehen, dachte er, bevor ich irgendwo um Einlass bitte.
An einem Haus war ein Balkon. Gerade als der Junge daran vorbeiging, wurden die Balkontüren geöffnet und gelbes Licht fiel durch die dünnen Gardinen auf die Straße. Dann erschien eine schöne junge Frau auf dem Balkon und beugte sich über die Brüstung. »Es regnet, der Frühling kommt«, sagte sie. Als der Junge sie sah, empfand er zum ersten Mal seit seiner Verzauberung ein seltsames Gefühl von Angst und Wehmut. Er hätte am liebsten geweint und der Gedanke, dass er sich selbst von den Menschen abgesondert und ausgeschlossen hatte, fing an ihn zu beunruhigen.

Wenig später kam er an einem Warenhaus vorüber, vor dem eine rote Sämaschine stand. Er blieb stehen, betrachtete sie und kletterte schließlich auf den Sitz. Nun saß er da oben, schnalzte mit der Zunge und tat so, als führe er hinter einem Pferd auf der Maschine über den Acker. Er dachte, wie schön es wäre, eine solche Maschine zu haben und damit über das Feld zu fahren, und für einen Augenblick hatte er vergessen, dass er ja nun der kleine Däumling war. Aber sofort wurde er sich dessen wieder bewusst und schnell sprang er wieder hinunter. Seine Bedenken waren inzwischen gewachsen. Wer immer nur mit Tieren zusammen ist, ging es ihm durch den Kopf, verpasst vielleicht doch einiges im Leben!
Er kam an der Post vorbei und ihm fielen die Zeitungen ein, die jeden Tag die vielen Nachrichten aus der ganzen Welt in jedes Dorf brachten. Er sah die Apotheke und die Arztpraxis und dachte daran, wie tüchtig die Menschen doch waren und welche Macht sie hatten, dass sie sogar gegen Krankheiten und den Tod ankamen. Er sah die Kirche und bewunderte die Menschen, die sie gebaut hatten. Und er ging weiter und die Menschen gefielen ihm mit jedem Schritt besser.
Kinder sehen nie über ihre Nasenspitze hinaus und greifen immer nach dem Nächstliegenden. Alles wollen sie sofort haben, ohne sich um den Preis zu kümmern. Auch Nils Holgersson hatte nicht genug Verstand gehabt, um die Bedeutung seines Entschlusses für immer

ein Wichtelmännchen bleiben zu wollen ganz zu begreifen; aber nun packte ihn die furchtbare Angst, dass er vielleicht nie wieder seine richtige Gestalt zurückbekommen könnte.

Er hockte sich im strömenden Regen auf eine Treppe und dachte nach, was er tun könne, um wieder ein Mensch zu werden. Zwei Stunden saß er da und grübelte, doch am Ende war er so klug wie zuvor. Seine Gedanken drehten sich nur noch im Kreise, und je länger er nachdachte, desto unlösbarer erschien ihm das Problem.

Das ist zu schwer für einen, der so wenig gelernt hat wie ich, dachte er. Aber ich werde zu den Menschen zurückkehren und dann frage ich die gelehrten Leute, den Pfarrer, den Lehrer, den Doktor und wen auch immer, was ich tun kann, um wieder ein Mensch zu werden!

Er beschloss dies auf der Stelle zu tun, erhob sich und schüttelte sich wie ein Hund das Wasser vom Leib.

In diesem Augenblick ließ sich eine große Eule auf einem Baum an der Landstraße nieder. Sofort meldete sich eine Waldeule, die unter einem Dach saß: »Kiwitt, kiwitt! Da bist du ja wieder, Sumpfeule! Wie war es denn im Ausland?«

»Danke der Nachfrage, Waldeule, ganz gut«, entgegnete die Sumpfeule. »Gibt's hier was Neues?«

»Nein, nein, nicht hier in Blekinge, Sumpfeule, aber in Schonen! Da ist ein Junge von einem Wichtelmännchen verwandelt worden und ist jetzt so klein wie ein Eichhörnchen! Und dann ist der Junge mit einer zahmen Gans nach Lappland gereist!«

»Das ist ja eine seltsame Geschichte, eine seltsame Geschichte. Und er kann jetzt nie wieder ein Mensch werden, Waldeule? Nie wieder?«

»Das ist ein Geheimnis, Sumpfeule! Aber ich werde es dir verraten. Pass auf, das Wichtelmännchen hat gesagt, wenn der Junge so gut auf die zahme Gans aufpasst, dass sie gesund und munter wieder nach Hause kommt –«

»Ja? Was dann? Was dann, Waldeule?«

»Lass uns nach oben auf den Kirchturm fliegen, Sumpfeule, dann sollst du alles erfahren! Ich fürchte, hier unten auf der Straße könnte uns jemand belauschen.«

Damit flogen die beiden Eulen davon und der Junge warf vor lauter Freude seine Mütze hoch in die Luft: »Ich muss also nur gut auf den Gänserich aufpassen, damit ihm nichts geschieht, dann werde ich wieder ein Mensch! Hurra! Ich werde wieder ein Mensch!«

Er schrie so laut, dass alle ihn hätten hören müssen, und lief, so schnell er konnte, zurück zu den Wildgänsen in das nasse Moor.

# *Am Ronnebyfluss*

*Freitag, 1. April*

Weder die Wildgänse noch Smirre, der Fuchs, hatten geglaubt sich jemals wieder zu sehen. Nun hatten die Wildgänse sich aber entschlossen ihre Reise über Blekinge fortzusetzen und ausgerechnet dorthin hatte es inzwischen auch den Fuchs verschlagen.

Eines Tages strich Smirre in einem kargen Waldgebiet in der Nähe des Ronnebyflusses herum, als er eine Schar Wildgänse am Himmel vorüberziehen sah. Eine der Gänse war weiß und da wusste er sofort, mit wem er es zu tun hatte.

Er behielt die Schar im Auge und folgte ihr, in der Hoffnung eine gute Mahlzeit ergattern und sich für die seinerzeit erlittene Schmach rächen zu können. Die Gänse flogen in östliche Richtung auf den Fluss zu und Smirre war sicher, dass sie sich einen Schlafplatz am Ufer suchen würden.

Wenig später hatte er auch schon die Stelle entdeckt, wo sie sich niedergelassen hatten, aber er sah sofort, dass sie

einen gut geschützten Platz gewählt hatten, der für ihn unerreichbar war.
Nun ist der Ronnebyfluss kein sehr imposanter Strom, doch er ist wegen seiner schönen Ufer berühmt und an mehreren Stellen hat er sich durch steile Felsen geschnitten, die mit Weißdorn, Geißblatt, Weiden und Ebereschen bewachsen sind. Doch es war noch früh im Jahr, die Bäume waren kahl und von der Schönheit des Ufers war noch nicht viel zu sehen. Die Wildgänse waren froh, dass sie unterhalb eines schroffen Steilhanges einen schmalen Sandstreifen gefunden hatten, auf dem sie die Nacht verbringen konnten. Vor ihnen rauschte der Fluss, der von der Schneeschmelze angeschwollen war. Hinter ihnen war die unüberwindliche Felswand mit vielen abstehenden und herunterhängenden Zweigen, die sie zusätzlich schützten. Einen besseren Platz hätten sie nicht finden können.
Die Gänse waren sofort eingeschlafen, aber der Junge war noch wach und konnte keinen Schlaf finden. Mit dem Einbruch der Dunkelheit hatte ihn wieder die Angst vor der Wildnis beschlichen und er sehnte sich nach menschlicher Gesellschaft. Er lag unter dem Flügel des Gänserichs, konnte nichts sehen und nichts hören und würde ihm nicht einmal helfen können, wenn ihm in der Nacht etwas zustieße.
Derweil stand Smirre hoch oben auf dem Fels und schaute missmutig zu den Gänsen hinunter. »Diese Jagd gibst du am besten sofort auf«, sagte er sich. »Den Hang

kommst du nicht hinunter, durch den Fluss kannst du auch nicht schwimmen und da unten gibt es nicht den schmalsten Uferstreifen, über den du zu den Gänsen gelangen könntest. Diese Viecher sind dir über! Gib's auf!«

Aber er war nun einmal ein richtiger Fuchs und wollte eine einmal begonnene Unternehmung nicht so sang- und klanglos auf halbem Wege abbrechen. Er legte sich also bäuchlings hin und ließ die Gänse nicht aus den Augen. Als er so dalag und auf sie hinabsah, musste er wieder daran denken, wie übel sie ihm neulich mitgespielt hatten, und je mehr er daran dachte, desto wütender wurde er und wünschte schließlich allen Gänsen den Tod.

Da raschelte es plötzlich neben ihm und ein Eichhörnchen sauste an ihm vorbei, dem ein Marder dicht auf den Fersen war. Die beiden nahmen Smirre gar nicht wahr und dieser verhielt sich ruhig und verfolgte die Jagd. Das Eichhörnchen schien nur so durch die Zweige zu fliegen, aber der Marder, der auch ein geschickter Kletterer war, gab sein Bestes und ließ sich nicht abschütteln.

Wenn ich doch nur halb so gut klettern könnte wie die beiden, dachte der Fuchs, dann würden die da unten keine ruhige Minute mehr haben!

Schließlich erwischte der Marder das Eichhörnchen und Smirre sprang schnell auf ihn zu, blieb aber in gehöriger Entfernung stehen, um ihm zu zeigen, dass er ihm nicht die Beute wegnehmen wollte. Er begrüßte

den Marder höflich und gratulierte ihm zur erfolgreichen Jagd.
»Wie kommt es«, sagte Smirre, »dass ein so ausgezeichneter Jäger wie du sich mit der Jagd auf Eichhörnchen begnügt, wo doch genügend andere Beute in Reichweite ist?« Er wartete auf Antwort, doch der Marder grinste ihn nur unverschämt an und schwieg. Der Fuchs fuhr daher fort: »Kann es denn sein, dass du die Wildgänse da unten einfach übersehen hast? Oder schaffst du es nicht, da hinunterzuklettern?«
Diesmal ließ die Antwort nicht lange auf sich warten. Der Marder sprang ihn mit gesträubtem Fell an: »Wildgänse? Wo? Los, raus mit der Sprache, oder ich beiß dir die Kehle durch!«
»He, he«, sagte der Fuchs, »vergiss nicht, dass ich doppelt so groß bin wie du! Sei gefälligst etwas höflicher, ich zeige sie dir ja – da unten, sieh!«
Und schon war der Marder auf dem Weg nach unten. Smirre beobachtete, wie er über Äste und Zweige hüpfte, und dachte: Das ist der grausamste Jäger des Waldes, die Wildgänse können sich bei mir für ein blutiges Erwachen bedanken!
Aber gerade als Smirre erwartete den Todesschrei der Wildgänse zu hören, sah er, wie der Marder in den Fluss fiel, und gleich darauf flogen die Gänse mit lautem Flügelschlag davon.
Smirre wollte ihnen sofort hinterher, war aber neugierig zu erfahren, wie sie gerettet worden waren. Er wartete

daher, bis der Marder wieder zu ihm hinaufgeklettert war. Der Ärmste war klatschnass.
»Ich hab's mir doch gedacht!«, sagte der Fuchs. »Du bist zu blöd, um eine Gans zu fangen, und so trottelig, dass du dabei auch noch ins Wasser fällst!«
»Ich bin weder blöd noch trottelig!«, schimpfte der Marder. »Ich hatte schon den untersten Ast erreicht, als so ein ganz kleiner Knirps, nicht größer als ein Eichhörnchen, plötzlich aufsprang und mir mit solcher Kraft einen Stein an den Kopf warf, dass ich mich nicht mehr halten konnte und ins Wasser fiel, und als ich . . .«
Aber der Marder konnte seinen Bericht hier enden lassen, denn Smirre war längst aufgesprungen und rannte den Gänsen hinterher.
Inzwischen suchte Akka im fahlen Licht des Halbmonds für die Gänse einen neuen Schlafplatz. Sie fand ihn unterhalb eines Wasserfalls in der Nähe von Djupafors. Auf den Steinen hinter der brausenden Wasserwand fanden alle Gänse Platz und schliefen auch sofort ein. Nur der Junge fand wieder keine Ruhe. Er hatte sich neben den Gänserich gesetzt, um ihn zu bewachen.
Es dauerte nicht lange, da kam Smirre. Er lief am Flussufer entlang und hatte die Gänse schon entdeckt. Nun blieb er stehen und begriff sofort, dass sie schon wieder einen für ihn unerreichbaren Platz gefunden hatten, denn durch die schäumende Wasserfahne konnte er nicht hindurch. Das kränkte Smirre zutiefst, denn er

fand, dass sein guter Ruf als Jäger nun auf dem Spiel stand.

Da sah er, wie ein Fischotter mit einem erbeuteten Fisch im Maul aus dem Wasser stieg. Smirre ging ihm entgegen, blieb zwei Schritte vor ihm stehen, zum Zeichen, dass er ihm die Beute nicht streitig machen wollte, und sprach: »Was bist du denn für einer? Begnügst dich mit einem Fischlein, wo doch dahinten lauter Gänse sind!«

Der Fischotter drehte nicht einmal seinen Kopf, um in die angegebene Richtung zu sehen. Er kam viel herum und kannte Smirre nur zu gut.

»Ich kenne deine Tricks«, sagte er, »du willst mir nur die Lachsforelle abjagen.«

»Ach, du bist es, Greif!«, sagte der Fuchs erfreut, denn

er kannte diesen Otter und wusste, dass er ein guter Schwimmer war. »Du willst die Wildgänse nur nicht sehen«, fuhr er fort, »weil du es sowieso nicht schaffst an sie heranzukommen.«
Das wollte sich der Fischotter aber nun nicht sagen lassen! Er hatte immerhin Schwimmhäute zwischen den Zehen, einen Schwanz wie ein Ruder und einen durch und durch wasserfesten Pelz und ein Wasserfall war für ihn überhaupt kein Hindernis! Er sah sich nach den Gänsen um, ließ den Fisch fallen, glitt in den Fluss und schwamm auf den Wasserfall zu, hinter dem die Wildgänse friedlich schliefen. Schon war er bei den Steinen angelangt und näherte sich vorsichtig den Vögeln.
Smirre verfolgte ihn mit gierigem Blick und sah, wie der Otter den Gänsen immer näher kam. Jetzt brauchte er nur noch zuzupacken! In diesem Augenblick durchdrang ein schriller Schrei die Nacht. Der Fischotter klatschte rücklings ins Wasser und wurde fortgerissen. Gleich darauf erklang lauter Flügelschlag und die Gänse erhoben sich in die Luft.
Der Fischotter hatte schon wieder das Ufer erreicht und leckte sich schweigend die Vorderpfote, während Smirre ihn verhöhnte, weil die Gänse ihm entkommen waren.
»Was kann ich dafür?«, verteidigte sich der Otter. »Ich war schon dicht bei ihnen und wollte gerade zum Sprung ansetzen, als ein kleiner Wicht heranstürmte und mir mit einem scharfen Eisenstück in die Pfote

stach. Das tat so weh, dass ich mich nicht mehr halten konnte und in den Fluss gefallen bin.«

Er brauchte weiter nichts zu sagen, denn Smirre war schon wieder unterwegs und suchte nach den Wildgänsen.

Zum zweiten Mal musste Akka mit ihrer Schar in dieser Nacht den Schlafplatz wechseln. Zum Glück schien der Mond noch und die Gänse ließen sich in der Nähe der Heilquelle von Ronneby auf dem Balkon eines leer stehenden Hotels nieder. Wie gewöhnlich schliefen sie sofort ein, aber der Junge fand noch immer keinen Schlaf, weil er nicht unter den Flügel des Gänserichs kriechen wollte.

Der Balkon lag nach Süden, sodass der Junge das Meer sehen konnte. Er spürte die sanfte Nachtluft und kam allmählich zur Ruhe. Plötzlich gellte ein herzzerreißendes Gejammer durch die Nacht. Der Junge sprang auf und sah im hellen Mondlicht einen Fuchs unter dem Balkon stehen. Es war Smirre, der die Gänse abermals aufgespürt und soeben begriffen hatte, dass es ihm schon wieder unmöglich war an sie heranzukommen. Nun stand er da und heulte vor Schande und Wut.

Das hörte auch Akka und sie glaubte sogar die Stimme wieder zu erkennen. »Bist du es, Smirre?«, fragte sie.

»Ja«, sagte Smirre, »ich bin es. Sagt mir, wie euch die Nacht gefallen hat, die ich euch bisher bereitet habe?«

»Hast du etwa den Marder und den Fischotter auf uns gehetzt?«, fragte Akka.

»Gute Taten soll man nicht verleugnen«, sagte Smirre. »Ihr habt damals das Gänsespiel mit mir gespielt. Jetzt spiele ich mit euch das Fuchsspiel. Und solange noch eine einzige von euch am Leben ist, werde ich nicht damit aufhören – selbst wenn ich euch durch das ganze Land verfolgen müsste!«

»Smirre, du solltest einmal überlegen, ob es gerecht ist, dass jemand wie du, der mit Zähnen und Klauen bewaffnet ist, uns wehrlosen Wildgänsen ständig nachstellt«, sagte Akka.

Smirre dachte über ihre Worte nach und fand, dass Akka eigentlich Recht hatte. Schnell sagte er: »Akka, wenn du mir diesen vermaledeiten Däumling, der mich so oft hereingelegt hat, jetzt herunterwirfst, verspreche ich mit dir für immer Frieden zu schließen und nie wieder eine von euch zu verfolgen!«

»Den Däumling kann ich dir nicht geben«, sagte Akka. »Von der Jüngsten bis zur Ältesten würde eine jede gern ihr Leben für ihn opfern.«

»Wenn ihr ihn so sehr liebt«, sagte Smirre, »dann wird er der Erste sein, an dem ich furchtbare Rache nehmen werde, das verspreche ich euch.«

Akka gab darauf keine Antwort, und nachdem Smirre noch eine Weile geheult und geflucht hatte, wurde es ganz still. Der Junge aber fand in dieser Nacht keinen Schlaf. Akkas Worte hatten ihn überglücklich gemacht, aber gleichzeitig ängstigte ihn Smirres Drohung und er wünschte sich endlich wieder ein Mensch zu sein.

# *Auf Öland*

*3. – 6. April*

Die Wildgänse waren auf eine Schäreninsel hinausgeflogen, um dort zu weiden, als sie unterwegs auf eine Schar Graugänse trafen. Diese wunderten sich, dass ihre Schwestern, die Wildgänse, nicht durch das Landesinnere nach Norden flogen, wie sie es sonst immer zu tun pflegten. Sie waren sehr neugierig und gaben nicht eher Ruhe, bis die Wildgänse ihnen von ihrer Verfolgung durch Smirre erzählten und davon, was er ihnen schon alles angetan hatte.

Da sagte eine Graugans, die etwa in Akkas Alter war: »Wenn das so ist, so wird er bestimmt versuchen euch bis nach Lappland zu folgen. An eurer Stelle würde ich über Öland reisen, damit er die Spur verliert. Um ihn vollends zu verwirren, solltet ihr ein paar Tage auf der Insel bleiben. Im Süden Ölands gibt es genug Nahrung und gute Gesellschaft.«

Das war ein guter Rat und die Wildgänse beschlossen sogleich nach Öland hinüberzufliegen. Keine von ihnen war schon einmal dort gewesen, aber die Graugänse hatten ihnen den Weg genau beschrieben. Sie sollten sich südlich halten, bis sie auf den großen Vogelzug stießen, der an der Küste von Blekinge unterwegs war. Alle Vögel, die an der Nordsee überwintert hatten und nun nach Russland und Finnland flogen, sammelten sich auf dieser Route und machten auf Öland eine Erholungspause.

Das Wetter war ideal für eine Seereise, es war fast sommerlich warm, und als die Wildgänse die Schären hinter sich ließen, lag unter ihnen das Meer glatt wie ein Spiegel. Allerdings war die Luft nicht ganz klar und der Himmel war grau und verhangen. Hier und da türmten sich mächtige Wolkenmassen, die bis auf das Meer reichten und die Aussicht verdeckten.

Der Junge klammerte sich auf dem Rücken des Gänserichs gut fest. Er musste sich an den schnellen Flug über längere Strecken erst wieder gewöhnen und hatte große Angst das Gleichgewicht zu verlieren und ins Meer zu fallen.

Er bekam noch mehr Angst, als sie auf den großen Vogelzug stießen. Ein Schwarm nach dem anderen flog in dieselbe Richtung. Darunter waren Enten und Graugänse, Möwen und Eistaucher, Wildgänse und Seehühner. Der Junge beugte sich vorsichtig vor, um auf das Meer sehen zu können, und sah nun unter sich ein Spiegelbild des ganzen Zuges. Es kam ihm vor, als flögen alle Vögel mit den Bäuchen nach oben durch den Himmel, und ihm wurde entsetzlich schwindlig.

Plötzlich hörte der Junge Schüsse und kleine Rauchwolken stiegen in die Luft.
Unter den Vögeln entstand sofort große Aufregung.
»Schützen! Schützen! Schützen auf Schiffen!«, riefen sie immer wieder. »Fliegt hoch! Fliegt höher!«
Da sah der Junge auf dem Wasser eine lange Reihe Boote, in denen Schützen standen, die pausenlos nach oben feuerten. Die vorderen Vogelschwärme hatten sie nicht bemerkt und waren zu tief geflogen. Viele dunkle Körper fielen ins Meer und bei jedem Vogel, der getroffen abstürzte, waren das Wehklagen und der Kummer der anderen groß.
Akka schoss in die Höhe, die anderen folgten ihr und in Windeseile flog die Schar weiter. Zwar wurde keine der Wildgänse getroffen, doch der Junge war schockiert und entsetzt darüber, dass jemand auf so friedliche Lebewesen wie Akka und Yksi und Kaksi und den Gänserich schießen konnte! Wussten die Menschen eigentlich, was sie da taten?
Noch bevor sie Öland sehen konnten, spürten sie, wie ein schwacher Wind aufkam, der etwas zu ihnen herüberwehte, was wie weißer Rauch aussah und sich schnell verdichtete.
Als die Vögel die ersten weißen Schwaden erblickten, bekamen sie Angst und flogen noch schneller. War etwa irgendwo eine Feuersbrunst ausgebrochen? Der Rauch wurde immer dichter und umhüllte sie plötzlich vollständig. Dabei war er geruchlos und weder heiß noch

trocken. Der Junge begriff, dass es nur dichter Nebel war, in den sie geraten waren.
Die Vögel konnten überhaupt nichts mehr sehen, aber der Blindflug schien ihnen großen Spaß zu bereiten. Die geordneten Reihen brachen auseinander und jeder flog kreuz und quer, wie es ihm gerade passte. Manche hielten sich auch gegenseitig zum Narren: »Schaut euch die Enten dort an!«, tönte es im Nebel. »Die fliegen dauernd im Kreis!«
»Nein, sie fliegen zurück an die Nordsee!«
»He, ihr Graugänse!«, rief jemand. »Wenn ihr so weiterfliegt, landet ihr auf Rügen!«
Die Vögel kannten den Weg nach Öland natürlich ganz genau und konnten sich solche Scherze leisten. Aber die Wildgänse flogen die Strecke zum ersten Mal und fanden das verwirrende Geschrei um sich herum gar nicht lustig. Akka musste die gesamte Erfahrung ihres langen Lebens bemühen, um die Schar schließlich unbeschadet auf die Südspitze Ölands zu bringen.

*

Auf der Insel war der Nebel genauso dicht wie vorher über dem Meer. Die Wildgänse und Nils Holgersson ließen sich am Strand nieder, um hier die Nacht zu verbringen. Die aufregende Reise hatte sie sehr ermüdet und alle waren sofort eingeschlafen, auch der Junge, der wohl behütet unter dem Flügel des Gänserichs lag.

Am nächsten Morgen war es immer noch neblig. Die Wildgänse gingen auf eine Wiese und weideten, während der Junge den Strand nach Muscheln absuchte. Davon gab es reichlich. Der Junge stopfte sich die Taschen voll, denn er dachte, ein kleiner Vorrat könne nicht schaden, zumal er ja nicht wusste, ob er dort, wohin sie als Nächstes reisten, auch etwas zu essen finden würde. Aus Riedgras flocht er sich noch einen kleinen Beutel, den er ebenfalls mit Muscheln füllte. Diese Arbeit beschäftigte ihn immerhin einige Stunden. Gegen Mittag kamen plötzlich die Wildgänse gelaufen und fragten ihn aufgeregt, ob er den Gänserich gesehen habe.

»Vorhin war er noch bei uns«, sagte Akka, »aber jetzt ist er verschwunden!«

Der Junge schreckte hoch und bekam große Angst. Er fragte die Gänse, ob vielleicht ein Fuchs oder Adler oder ein Mensch in der Nähe gewesen sei, aber die Gänse hatten nichts dergleichen gesehen. Der Gänserich hatte sich wahrscheinlich nur im Nebel verlaufen.

Doch diese Erklärung konnte den Jungen nicht beruhigen. Er machte sich die größten Sorgen und lief gleich los, um den Gänserich zu suchen. Einerseits schützte ihn der Nebel zwar davor, gesehen zu werden, sodass er überall ungestört suchen konnte, andererseits behinderte der Nebel aber auch seine Sicht. Er lief bis zum Leuchtturm und suchte den ganzen Südzipfel der Insel ab.

Der Junge suchte, bis die Dämmerung hereinbrach, dann musste er zurück an den Strand. Die Schritte wurden ihm schwer und er fühlte sich hundeelend. Wie hatte er auch glauben können einen zahmen Gänserich unbeschadet durch das ganze Land zu bringen! Wie sollte es nun weitergehen mit ihm? Aber der Junge dachte nicht nur an sich, er trauerte auch um den Verlust des Gänserichs, den er in sein Herz geschlossen hatte.
Und wie er so traurig dahinwanderte, kam ihm plötzlich aus dem Nebel etwas großes Weißes entgegen – der Gänserich! Ganz unversehrt spazierte er daher und freute sich, endlich die anderen wieder gefunden zu haben. Der Junge fiel ihm vor Freude um den Hals und bat ihn in Zukunft besser aufzupassen und sich nicht mehr von den anderen zu entfernen. Und der Gänserich versprach ihm hoch und heilig es nie wieder zu tun. Nie wieder!
Aber am nächsten Morgen, als der Junge am Strand Muscheln suchte, kamen die Gänse angelaufen und fragten, ob er den Gänserich gesehen habe, denn er war schon wieder verschwunden, genau wie am Tag zuvor. Voll Entsetzen machte der Junge sich sofort auf die Suche. Am Strand war der Gänserich nicht, also stieg der Junge hinauf in das flachere Hochland, wo es nur Windmühlen gab. Er suchte den ganzen Nachmittag jeden Winkel ab, ohne auch nur eine Spur des Gänserichs zu entdecken, und als er bei Einbruch der Dunkelheit seine Suche abbrechen musste, war er fest davon

überzeugt, den Gänserich für immer verloren zu haben, und war der Verzweiflung nahe.
Er war gerade unten am Meer über eine kleine Mauer geklettert, als er ein scharrendes Geräusch hörte. Er sah sich um. Dicht neben der Mauer lag ein Steinhaufen, auf dem sich etwas bewegte. Er ging vorsichtig darauf zu und erkannte nun ganz deutlich den weißen Gänserich, der mit mehreren langen Wurzeln im Schnabel mühsam den Steinhaufen hinaufkletterte. Der Gänserich hatte den Jungen nicht bemerkt und dieser verriet sich auch nicht, weil er herausfinden wollte, was für ein Geheimnis der Gänserich hatte, und dieses wurde auch sogleich aufgedeckt. Oben auf den Steinen lag eine junge Graugans, die vor Freude aufschrie, als der Gänserich zu ihr kam. Der Junge schlich sich noch näher heran und hörte, dass die Graugans einen verletzten Flügel hatte und nicht fliegen konnte. Ihre Schar war ohne sie weitergeflogen und hatte sie allein zurückgelassen. Sie war kurz davor zu verhungern, als der Gänserich gestern ihre Hilferufe hörte und sich sofort um sie kümmerte. Seitdem versorgte er sie mit Nahrung und beide hofften, sie würde wieder gesund werden, bevor der Gänserich die Insel verließ. Aber ihr Zustand hatte sich noch nicht gebessert und sie konnte weder stehen noch gehen und erst recht nicht fliegen. Als der Gänserich sich nun von ihr für die Nacht verabschiedete, tröstete er die Graugans damit, dass er bestimmt noch nicht so bald weiterfliegen müsse.

Nachdem der Gänserich gegangen war, schlich sich der Junge auf den Steinhaufen. Als er die junge Graugans nun aus der Nähe sah, wusste er, warum der Gänserich so rührend um sie bemüht war und warum er solch ein Geheimnis daraus machte.
Sie hatte einen wunderschönen kleinen Kopf, ein Gefieder wie aus Seide und sanfte, flehende Augen.
Als sie den Jungen sah, wollte sie flüchten, konnte sich mit dem verletzten Flügel jedoch kaum bewegen.
»Hab keine Angst«, sagte der Junge leise und bewegte sich nicht. »Ich bin Däumling und der Gänserich Martin

ist mein Freund, wir reisen zusammen ...« Und dann wusste er nicht mehr, was er noch sagen sollte.
Die Graugans wandte sich ihm zu, neigte anmutig den kleinen Kopf und sagte mit einer Stimme, die so schön war, dass der Junge nicht glauben mochte, dass dies die Stimme einer Gans war: »Ich freue mich, dass du gekommen bist, um mir zu helfen. Martin hat mir schon gesagt, dass niemand so klug und geschickt ist wie du.«
Sie hatte mit einer solchen Anmut gesprochen, dass der Junge ganz verlegen geworden war. Das ist doch keine Gans, dachte er, das kann nur eine Prinzessin sein!
Sofort sah er nach, ob er ihr helfen konnte. Mit seinen kleinen Händen tastete er vorsichtig den Flügel ab und befühlte sorgsam den Knochen. Es war nichts gebrochen, aber der Flügelknochen war aus der Gelenkpfanne gesprungen und musste eingerenkt werden.
»Achtung!«, sagte der Junge. »Es wird jetzt ein bisschen weh tun!« Und mit diesen Worten drehte er den Flügelknochen geschickt und schnell zurück in die richtige Position. Die arme Graugans stieß einen gellenden Schrei aus, sank zwischen den Steinen zusammen und lag da wie tot.
Der Junge erschrak. Er hatte ihr doch nur helfen wollen und jetzt hatte er sie getötet! Entsetzt sprang er den Steinhaufen hinunter und rannte davon. Ihm war zu Mute, als hätte er einen Menschen umgebracht.
Am nächsten Morgen war der Nebel verschwunden und die Luft war klar. Akka entschied die Reise nun fortzu-

setzen und alle Gänse waren damit sehr einverstanden, nur der weiße Gänserich nicht. Aber Akka störte sich nicht an ihm und rief zum Aufbruch.

Der Junge sprang auf den Rücken des Gänserichs und langsam und widerwillig flog Martin hinter den anderen Gänsen her. Der Junge war froh, dass sie die Insel verließen, denn er hatte wegen der Graugans ein sehr schlechtes Gewissen und hatte Martin verschwiegen, was ihm passiert war, als er versucht hatte ihr zu helfen. Es ist auch besser, dachte er, wenn er es nie erfährt! Allerdings wunderte er sich doch, dass der Gänserich es übers Herz brachte die Graugans so ohne weiteres zu verlassen.

Doch plötzlich machte der Gänserich eine Kehrtwende. Er hatte die Graugans also doch nicht vergessen! Nein, er musste zu ihr zurück, mochte aus der Lapplandreise werden, was wolle!

Wie hätte er auch einfach weiterfliegen können, wo er doch wusste, dass die Graugans einsam und verletzt zurückblieb und ohne ihn verhungern würde?

Schnell hatten sie den Steinhaufen erreicht, aber da lag keine junge Graugans mehr.

»Daunenfein! Daunenfein! Wo bist du?«, rief der Gänserich.

Der Fuchs wird sie geholt haben, dachte der Junge. Doch im selben Augenblick antwortete dem Gänserich eine wunderschöne Stimme: »Hier bin ich, Martin, hier! Ich habe nur ein Morgenbad genommen!«

Und dem Wasser entstieg gesund und munter die kleine Graugans. Sie erzählte fröhlich, wie der Däumling ihren Flügel wieder eingerenkt hatte und dass sie wieder ganz hergestellt und bereit sei mit ihnen zu fliegen.
Ihre Federn glitzerten wie Seide und die Wassertropfen darauf sahen im Sonnenlicht aus wie echte Perlen. Sie ist eine richtige kleine Prinzessin!, musste der Junge wieder denken.

# *Die Stadt auf dem Meeresgrund*

*Samstag, 9. April*

Die Wildgänse waren den ganzen Tag geflogen und hatten bereits Smaland erreicht. Auf der Spitze eines hohen Berges hatten sie sich bei Sonnenuntergang niedergelassen und schliefen längst tief und fest. Die Nacht war ruhig und klar und der Junge hatte sich ein wenig abseits der Schar im weichen Moos lang ausgestreckt.
Es war eine Vollmondnacht und der Mond schien so hell, dass der Junge nicht schlafen konnte, obwohl auch er sehr müde war. Wirre Gedanken gingen ihm durch den Kopf. Er dachte an die Eltern, an Daunenfein, die von den Wildgänsen sehr freundlich aufgenommen worden war, an die Zukunft und immer wieder an die Vergangenheit. Er lag auf dem Rücken, besah sich die große, helle Mondscheibe und rechnete aus, dass er nun bereits seit drei Wochen mit den Wildgänsen unterwegs war.
Plötzlich bewegte sich hinter dem Mond etwas und dann sah der Junge einen großen, dunklen Vogel. Er flog

genau vor dem hellen Hintergrund des Mondes und kam schnell näher. Sein Körper war im Vergleich zu dem langen, schlanken Hals eher klein und er hatte zwei sehr lange, dünne Beine.
Das kann nur ein Storch sein!, dachte der Junge und in diesem Augenblick ließ sich auch schon der Storch, Herr Ermenrich, neben ihm nieder. Er beugte sich über ihn und berührte den Jungen einige Male sanft mit dem Schnabel, um ihn zu wecken.
Nils Holgersson richtete sich sofort auf. »Ich schlafe doch gar nicht, Herr Ermenrich«, sagte er. »Doch warum sind Sie mitten in der Nacht noch unterwegs? Wollen Sie vielleicht zu Mutter Akka?«
»Die Nacht ist zum Schlafen zu hell und zu schön«, entgegnete Herr Ermenrich. »Ich will in dieser klaren Mondnacht einen kleinen Ausflug machen. Wenn du Lust hast, kannst du mich begleiten.«
»Sehr gern, Herr Ermenrich«, sagte der Junge sogleich, »denn ich finde wohl eh keinen Schlaf in dieser Nacht. Allerdings müssen Sie versprechen mich vor Sonnenaufgang wieder zu den Wildgänsen zurückzubringen!«
Herr Ermenrich versprach es und unverzüglich machten sie sich auf die Reise. Höher und höher flogen sie, immer dem Mond entgegen, und dem Jungen schien es, als würden sie nur so dahinschweben, so leicht und ruhig glitt der Storch durch die Luft.
Nach einer Weile setzte Herr Ermenrich ganz langsam und sacht zur Landung an. Der Junge hatte jegliches

Gefühl für den Raum und die Zeit verloren. Weder wusste er, wie lange sie geflogen waren, noch, wohin. Er sah sich verwundert um. Sie waren an einem weiten, einsamen Strand gelandet, der ganz feinen und weichen Sand hatte. Spärlich mit Gras bewachsene Dünenhügel versperrten die Sicht auf das Land.

Herr Ermenrich war bereits auf einen dieser flachen Sandhügel gestiegen, hatte ein Bein in die Höhe gezogen und legte gerade den Schnabel zurück, um ihn sich unter den Flügel zu stecken. »Ich brauche jetzt ein wenig Schlaf«, sagte er und gähnte. »Während ich mich ausruhe, kannst du ja ein bisschen am Strand spazieren gehen. Aber geh nicht zu weit und verlauf dich nicht, sonst findest du mich am Ende nicht wieder!«

Der Junge wollte zunächst ebenfalls auf eine der Dünen klettern, um sich das Land dahinter anzusehen. Er machte ein paar Schritte in diese Richtung, als er mit seinem Holzschuh auf etwas Hartes trat. Er bückte sich und erblickte im Mondlicht eine dünne Kupfermünze. Sie war ganz von Grünspan überzogen und zerfressen vom salzigen Meerwasser. Der Junge betrachtete die Münze eingehend und fand, dass sie völlig verdorben und so wertlos war, dass es sich nicht einmal lohnte sie aufzuheben, und er versetzte ihr mit dem Fuß einen leichten Tritt, sodass sie ein Stück weit wegflog.

Der Junge blickte ihr kurz nach und traute seinen Augen nicht; denn was er da plötzlich – keine zwei Schritt vor sich – sah, war ein riesiges Tor, gekrönt von einem

Turm, in einer hohen, dunklen Mauer. Bevor er sich nach der Münze gebückt hatte, war hier weit und breit nichts als Meer und Sand gewesen und jetzt konnte der Junge das Meer nicht mehr sehen, weil sich davor diese hohe, lange Mauer mit Zinnen, Türmen und Toren erstreckte. Und genau vor dem Jungen, an der Stelle, wohin er gerade die Münze getreten hatte, öffnete sich das große Tor.
Dem Jungen war klar, dass dies nicht mit rechten Dingen zugehen konnte, sondern dass hier Spuk und Zauberei mit im Spiel sein mussten. Aber davor brauche ich mich wohl kaum zu fürchten, dachte der Junge. Das sieht überhaupt nicht furchtbar aus – im Gegenteil!
Und in der Tat erhoben sich hinter der dicken Mauer prächtige Dächer und Türme und der Junge war neugierig zu erfahren, was sich hinter der Mauer verberge. Ich muss herausfinden, was das ist, sagte er sich und mit diesen Worten ging er auch schon durch das Tor.
Unter dem Torbogen saßen in bunten Uniformen zwei Wächter beim Würfelspiel. Ihre langstieligen Streitäxte hatten sie neben sich an die Wand gelehnt. Sie waren so sehr in ihr Spiel vertieft, dass sie den Jungen, der schnell an ihnen vorbeihuschte, gar nicht wahrnahmen.
Nicht weit vom Tor entfernt, erstreckte sich ein mit spiegelblank polierten Steinen gepflasterter Platz, der von prachtvollen, hohen Patrizierhäusern umstanden war, zwischen denen sich die Eingänge zu langen, schmalen und belebten Straßen auftaten.

Auf dem Platz drängten sich die Menschen dicht an dicht. Die Männer waren in lange, kostbare Pelzmäntel gekleidet, unter denen sie seidene Gewänder trugen. Mit Federn geschmückte Barette krönten ihre Häupter und die meisten waren mit prächtigem Schmuck aus Gold und Silber behangen. So wie sie aussahen, hätten sie allesamt Fürsten sein können.
Auch die Frauen waren sehr edel und prunkvoll gekleidet, trugen spitze Hauben und lange Kleider mit engen Ärmeln. Sie waren wie die Männer reichlich geschmückt und angesichts dieser ganzen Pracht erinnerte sich der Junge an die bunten Bilder in dem alten Märchenbuch, das die Mutter in ihrer Truhe aufbewahrte und in dem er gelegentlich blättern durfte.
Der Junge konnte sich an diesen Menschen nicht satt sehen und wollte ein ums andere Mal seinen Augen nicht trauen.
Aber noch faszinierender als die Männer und Frauen war die Stadt selbst. Die Giebel aller Häuser waren zur Straße hin ausgerichtet und mit Malereien, Mosaiken und Reliefs so wunderschön verziert, als stünden die Eigentümer im ständigen Wettbewerb um das schönste Haus.
Immer neue Motive und weitere zauberhafte Einzelheiten entdeckte der Junge an jedem der Häuser, von denen keines dem anderen glich, und ihn überkam eine starke innere Unruhe, die er sich nicht erklären konnte. So etwas habe ich ja noch nie gesehen, dachte er. So etwas

werde ich auch in meinem ganzen Leben nicht mehr zu sehen bekommen!
Er fieberte danach, jedes Haus und jeden Winkel in dieser Stadt zu sehen, und lief von einer Straße in die nächste, ohne sich auch nur eine Verschnaufpause zu gönnen, denn er hatte ja nicht allzu viel Zeit.
Die Straßen waren eng und schmal, dabei längst nicht so leer und dunkel wie in den Städten, die er bisher gesehen hatte. Überall war Leben, es wimmelte nur so von Menschen. Vor den Türen saßen die alten Frauen bei der Handarbeit; auf den Plätzen herrschte geschäftiges Treiben, hier wurde Öl abgefüllt, dort Leder verarbeitet, dahinten drehte ein Goldspinner Goldfäden und überall konnte man den Handwerkern zuschauen. Die Läden und Lager der Kaufleute waren zur Straße hin offen wie Marktstände und es gab wohl nichts, was hier nicht angeboten wurde.
Hätte der Junge sich nicht so beeilen müssen, so hätte er an diesem Ort bestimmt eine Menge lernen können. So sah er nur flüchtig, wie der Waffenschmied eine eiserne Rüstung hämmerte, die Goldschmiede Edelsteine in Ringe und Armreifen einpassten, wie der Drechsler mit der Drehbank umging und der Schuhmacher die Schuhe besohlte.
Aber den Jungen drängte die Zeit, er konnte nirgendwo lange verweilen. Stattdessen rannte er immer wieder los, in die nächste Straße, auf den nächsten Platz, zur nächsten Werkstatt, zum nächsten Laden – er wollte so

viel wie möglich sehen, bevor dies alles wieder verschwinden würde!
Die hohe Mauer, vor der er gestanden hatte, umgab die ganze Stadt und schloss sie ringförmig ein. Am Ende einer jeden Straße blickte man auf diese Stadtmauer mit ihren unzähligen Türmchen und Zinnen, zwischen denen die Wächter in ihren silbern schimmernden Rüstungen und glänzenden Helmen aufmerksam auf- und abgingen.
Der Junge hatte schließlich die ganze Stadt durchquert und gelangte wieder an ein Stadttor, hinter dem der Hafen lag. Weit im Hintergrund glitzerte das Meer und am Kai lagen altertümliche Schiffe, die mit Rudern versehen waren und vorn und hinten hohe Aufbauten hatten. Auch im Hafen ging es sehr geschäftig zu, Händler und Hafenarbeiter liefen hin und her und hatten alle Hände voll zu tun. Der Junge gönnte sich aber auch hier keine längere Pause. Seine innere Unruhe trieb ihn schon wieder weiter und er eilte zurück in das Zentrum der Stadt, wo er endlich auf den großen Marktplatz gelangte. Hier stand die Kathedrale mit ihren drei hohen Türmen und den reichlich mit Steinmetzarbeiten verzierten Portalen. Überall waren kleine steinerne Figuren angebracht und alle Wände waren über und über mit Skulpturen und Reliefs besetzt, sodass nicht ein einziger einfacher Steinquader zu sehen war.
Der Junge warf einen Blick in das Innere der Kathedrale

und kam aus dem Staunen nicht mehr heraus! Er sah prächtige Altäre, die mit Goldschmiedearbeiten reichlich verziert waren. Die Priester trugen goldene Gewänder, und goldene Kruzifixe schmückten Wände und Nischen.
Der Kirche gegenüber stand das mächtige Rathaus, das nur einen einzigen Turm hatte, der schlank und sehr hoch in den Himmel ragte. Rund um den Marktplatz aber standen zwischen Kathedrale und Rathaus die schönsten und prächtigsten Bürgerhäuser mit ihren reich verzierten Giebeln.
Diesen herrlichen Anblick genoss der Junge nun ausgiebig. Das viele Laufen hatte ihn ermüdet und er konnte sich nicht vorstellen, dass er irgendwo in der Stadt noch etwas Fantastischeres zu sehen bekommen würde als diesen Platz.
Schließlich ging er langsam weiter und kam in eine Straße, in der es fast ausschließlich Stoff- und Kleidergeschäfte gab. Die Leute drängten sich vor den kleinen Läden, in denen die Kaufleute auf langen Tischen geblümte Seidenstoffe, schweren Goldbrokat, schillernden Samt, luftige Seidentücher und hauchzarte Spitzen anboten.
Die ganze Zeit über, als der Junge die Stadt nur im raschen Lauf durchquert hatte, hatte ihn niemand beachtet. Die Leute hatten wahrscheinlich geglaubt, es husche da nur eine graue Ratte durch die Gassen. Aber jetzt, als er ganz langsam ging und auch einmal länger

vor einem Laden oder einem Stand stehen blieb, entdeckte ihn plötzlich ein Kaufmann, der ihn sogleich zu sich heranwinkte.
Das war dem Jungen zunächst etwas unheimlich und er wollte schnell davonlaufen, aber der Händler winkte ihm freundlich zu, strahlte ihn an und rollte einen wundervollen Ballen Seidensamt auf seinem Tisch aus. Er hob den schweren Stoff schließlich mit verlockender Geste an, damit der Junge näher komme und vielleicht etwas davon kaufen würde.
Der aber schüttelte heftig den Kopf. In meinem ganzen Leben werde ich nicht reich genug sein, um mir auch nur einen Meter von diesem Stoff leisten zu können, dachte er und ging weiter.
Doch inzwischen waren alle Leute in der Straße auf den Jungen aufmerksam geworden und sahen zu ihm herüber. Wohin er auch blickte, von überall her starrten die Kaufleute und Händler auf ihn, winkten ihm heftig zu und boten ihre Ware zum Kauf an. Sie ließen sogar ihre wohl betuchte Kundschaft einfach stehen und kümmerten sich nur noch um den Däumling.
Sie liefen in die hintersten Winkel ihrer Läden, um für ihn die beste Ware herauszusuchen, und wenn sie damit wieder an ihre Tische traten und die kostbarsten Stücke vor ihm hastig ausbreiteten, zitterten dabei ihre Hände vor Aufregung und Eifer.
Der Junge aber blieb nirgendwo stehen, sondern ging immer nur langsam und kopfschüttelnd weiter. Da

sprang einer der Kaufleute mit einem Satz über seinen Verkaufstisch, hielt den Jungen fest und breitete mitten auf der Straße den prächtigsten Silberbrokat und bunt schillernde Tücher vor ihm aus.

Der Junge war völlig verwirrt und konnte nicht verstehen, dass keiner ihm ansah, was für ein armer Schlucker er war. So lachte er den Händler unwillkürlich aus und hielt ihm seine beiden leeren Hände hin, um ihm und den anderen zu verdeutlichen, dass er kein Geld hatte und man ihn endlich in Ruhe lassen möge.

Da streckte der Kaufmann seine Hand aus und hielt einen Finger hoch in die Luft, nickte dem Jungen auf-

fordernd zu und schob ihm mit der anderen Hand den ganzen Berg der kostbaren Stoffe und Tücher hin.
Will er mir das etwa alles für nur ein einziges Geldstück verkaufen?, fragte sich der Junge.
Da zog der Kaufmann eine kleine, abgegriffene Münze aus der Tasche, die an Wertlosigkeit wohl nicht zu übertreffen war, und hielt sie dem Däumling hin. Gleichzeitig packte er auf den Warenhaufen noch zwei große Silberbecher, um so sein Angebot vollends unwiderstehlich zu machen.
Und wirklich begann nun der Junge damit, all seine Taschen nach einem Geldstück zu durchwühlen. Er wusste zwar ganz genau, dass er nicht einen roten Heller bei sich hatte, aber vielleicht täuschte er sich ja und es fand sich doch noch irgendwo eine winzige Münze.
Alle Menschen um ihn herum verfolgten gespannt seine Suche und warteten begierig darauf, wie es weitergehen würde. Als die anderen Kaufleute sahen, dass der Junge nun endlich seine Taschen nach Geld absuchte, sprangen sie über ihre Tische, rafften eilig so viel Gold- und Silberschmuck zusammen, wie sie mit bloßen Händen greifen konnten, und hielten ihn dem Jungen zum Kauf hin – und alle machten ihm immer wieder das unmissverständliche Zeichen, dass alles wirklich nicht mehr als ein einziges Geldstück kosten würde!
Aber der Junge hatte bereits alle Hosen- und Westentaschen mehrmals umgedreht, ohne irgendetwas gefun-

den zu haben, und allen wurde allmählich klar, dass er tatsächlich nichts besaß, nicht einen einzigen Pfennig. Da traten all diesen stattlichen Händlern und Kaufleuten, von denen jeder Einzelne doch viel reicher war als der Junge, die Tränen in die Augen und die Angst stand ihnen in den Gesichtern geschrieben.

Den Jungen überkam großes Mitleid und er überlegte, ob er ihnen denn nicht doch irgendwie helfen könnte, als ihm plötzlich die von Grünspan überzogene und vom Meer zerfressene Kupfermünze einfiel, die er vorhin am Strand gefunden hatte.

So schnell er konnte, lief er los und fand glücklicherweise die Straße, die zu dem Tor führte, durch das er in die Stadt gekommen war. Ohne zu zögern, stürzte er durch das Tor hinaus vor die Stadtmauer und suchte an der Stelle nach der kleinen Kupfermünze, wo er sie zuletzt gesehen hatte.

Und tatsächlich – da lag sie noch! Rasch hob er sie auf und wollte sofort wieder durch das Tor zurück in die Stadt laufen, als er vor sich und ringsum nichts erblickte als das Meer und den leeren Strand. Es gab keine Stadtmauer mehr, kein Tor, keine Wächter, keine Straßen, keine Häuser. Wo eben noch die prächtige Stadt gestanden hatte, glänzte jetzt nur noch das weite Meer.

Unwillkürlich traten dem Jungen die Tränen in die Augen. Anfangs hatte er ja alles nur für eine Sinnestäuschung oder einen seltsamen Spuk gehalten, doch dann hatte er so herrliche Dinge gesehen, dass er bald ganz vergessen hatte, dies könne alles nur Täuschung oder Zauberei sein. Und jetzt, da die Stadt verschwunden war, fühlte er sich furchtbar einsam und war sehr traurig.

In diesem Augenblick erwachte gerade Herr Ermenrich. Er sah, wie der Däumling ganz betrübt am Strand hockte, und ging zu ihm hin, ohne dass der Junge sein Kommen bemerkte. Der Storch stieß ihn einige Male mit dem Schnabel heftig an. »Na, du hast wohl genauso fest geschlafen wie ich«, sagte er.

»Ach, Herr Ermenrich«, sagte der Junge. »Was war das nur für eine wunderbare Stadt, die hier gerade noch gestanden hat?«

»Du hast hier eine Stadt gesehen?«, erwiderte der Storch. »Du hast geträumt! Wie ich gesagt habe, du hast genauso fest geschlafen wie ich und geträumt.«

»Ich habe nicht geschlafen«, entgegnete der Däumling. Und dann erzählte er dem Storch alles, was er gesehen und erlebt hatte.

Als er geendet hatte, sagte Herr Ermenrich: »Also, wenn du mich fragst, so hast du hier am Strand fest geschlafen und das alles nur geträumt. Allerdings will ich nicht verschweigen, dass der Rabe Bataki, der wahrscheinlich der gelehrteste von allen Vögeln ist, mir einmal erzählt hat, an dieser Stelle hier habe einst die Stadt Vineta gestanden. Diese Stadt sei unvorstellbar reich und schön gewesen und keine Stadt der Welt habe sie an Pracht und Schönheit übertreffen können.

Doch dann seien ihre Einwohner unglückseligerweise zunehmend hochmütig, verschwenderisch und eitel geworden und zur Strafe dafür, sagte Bataki, sei Vineta von einer gewaltigen Sturmflut überschwemmt und ins Meer hinabgerissen worden. Ihre Einwohner aber dürften weder sterben noch ihre Stadt zerstören. Nur alle hundert Jahre dürfe die Stadt einmal aus dem Meer aufsteigen und liege dann in ihrer ganzen Pracht wie einst in grauer Vorzeit eine Stunde lang hier auf dem Festland.«

»Ja, das stimmt«, sagte der Junge. »Ich habe sie gesehen.«

»Ist aber diese Stunde vergangen, ohne dass es einem Einwohner Vinetas gelungen ist einem Besucher der Stadt irgendetwas zu verkaufen, so versinkt sie für die nächsten einhundert Jahre wieder im Meer. Hättest du, Däumling, auch nur ein einziges, noch so wertloses Geldstück bei dir gehabt, um dem Händler etwas abkaufen zu können, dann hätte Vineta am Strand liegen bleiben dürfen wie einst und die Einwohner hätten wieder leben und sterben dürfen wie alle anderen Menschen auch.«

»Ach, Herr Ermenrich«, klagte der Junge, »jetzt weiß ich, warum Sie mich mitten in der Nacht abgeholt und mit auf die Reise genommen haben. Sie hatten gehofft, ich würde die versunkene Stadt endlich retten und die Einwohner erlösen können. Ach, Herr Ermenrich, ich bin zutiefst betrübt, dass mir das nicht gelungen ist!«

Und mit diesen Worten vergrub er sein Gesicht in den Händen und schluchzte laut und es war nicht auszumachen, wer von den beiden trauriger aussah, der Junge oder Herr Ermenrich.
Einige Tage lang war der Junge danach völlig verstört und betrübt, so sehr grämte er sich, dass er die schöne Stadt, die nun wieder für lange Zeit auf dem Meeresgrund liegen musste, nicht hatte retten können.
Er hatte Akka und dem Gänserich gleich nach seiner Rückkehr von Herrn Ermenrich und den Erlebnissen seiner Reise erzählt und die beiden hatten sich die größte Mühe gegeben ihn davon zu überzeugen, dass er alles nur geträumt hatte, aber davon wollte der Junge nichts hören. Er war ganz sicher alles selbst gesehen und erlebt zu haben und niemand konnte ihn davon abbringen.

# *Die Krähen*

Im Südwesten von Smaland liegt die Stadt Sunnerbo. Das Land in dieser Gegend ist eben und flach und von sandigen Heiden und sumpfigen Mooren durchzogen. Hier und da gibt es kleine Höfe und fruchtbare Äcker, die meist von Buchenwäldern umsäumt sind.
Zu der Zeit, als Nils Holgersson mit den Wildgänsen unterwegs war, stand dort auch eine kleine Hütte irgendwo auf einem Feld. Die Hütte lag verlassen da, denn die Leute, die dort einmal gewohnt hatten, waren aus irgendwelchen Gründen weggezogen. Sie hatten die Herdklappe geschlossen, die Fenster verriegelt und die Tür abgesperrt, aber sie hatten wohl nicht mehr daran gedacht, dass es eine zerbrochene Fensterscheibe gab und das Loch nur notdürftig mit einem Tuch zugestopft war. Der Regen und die Witterung hatten den Lappen im Laufe der Zeit mürbe gemacht und schließlich war es einer Krähe gelungen die Stoffreste herauszuzupfen. Die Krähe, die den Lappen aus dem Fensterloch gepickt hatte, war ein Krähenmännchen und hieß Garm Weißfeder, wurde von allen aber immer nur Fumle oder

Drumle oder auch Fumle-Drumle genannt, weil er sich immer so dumm und tölpelhaft anstellte, dass er zu nichts anderem taugte, als dass man sich über ihn lustig machen konnte.
Fumle-Drumle war größer und stärker als die anderen Krähen, was diese aber nicht daran hinderte, ihre Späßchen mit ihm zu treiben. Es half ihm auch nichts, dass er der vornehmen Weißfeder-Familie entstammte, die früher regelmäßig den Anführer der Schar gestellt hatte. Aber schon lange vor Fumle-Drumles Geburt waren Einfluss und Macht der Familie geschwunden und schließlich übergegangen auf eine grausame und wilde Krähe namens Wind-Eile.
Es hatte dieser Führungswechsel stattgefunden, nachdem es den Krähen auf dem Krähenberg eingefallen war ihre Lebensweise zu ändern. Nun mögen viele wohl der Meinung sein, eine Krähe sei eine Krähe und alle Krähen lebten auf die gleiche Art, aber das stimmt nicht. Es gibt Krähenvölker, die führen ein ehrbares Leben und ernähren sich von Würmern, Samenkörnchen, Larven und totem Getier, und es gibt solche, die ein richtiges Räuberleben führen. Sie fallen über junge Hasen und Vogelkinder her und plündern jedes Vogelnest.
Die alten Weißfeder-Krähen waren streng und maßvoll gewesen. Solange sie die Schar noch geführt hatten, mussten sich alle Krähen ordentlich benehmen und durften anderen Vögeln nichts zu Leide tun. Aber die Krähen vermehrten sich und mit ihrer Zahl wuchs auch

die Armut, sodass sie einen solch strengen Lebenswandel auf die Dauer nicht durchhielten. Sie lehnten sich gegen die Weißfeder-Führung auf und übertrugen die Herrschaft ebenjener besagten Krähe namens Wind-Eile. Es war dies ebenfalls ein Männchen und dieser Bursche war der ärgste Räuber und Nestplünderer, den man sich vorstellen kann.

Übertroffen wurde er eigentlich nur noch von Wind-Kara, seiner Frau. Unter der Führung dieses Pärchens waren die Sitten in der Schar so verkommen, dass die Krähen schließlich mehr gefürchtet waren als alle Raubvögel des Waldes.

Fumle-Drumle hatte natürlich überhaupt nichts mehr zu sagen. Die Schar fand, er habe nicht die geringsten Führungsqualitäten und schlage völlig aus der Weißfeder-Art. Man hätte ihn der Erwähnung nicht mehr für wert gefunden, wenn er nicht andauernd neue Dummheiten gemacht hätte. Andererseits war es wohl auch sein Glück, dass er solch ein Trottel war, denn sonst hätten Wind-Eile und Kara ihn als Abkömmling des alten Häuptlingsgeschlechts gar nicht mehr in der Schar geduldet.

Aber so waren die beiden geradezu freundlich zu Fumle-Drumle und nahmen ihn gern mit auf die Jagd, weil dann alle sehen konnten, dass sie viel geschickter und mutiger waren als er.

Keine der Krähen wusste indes, dass es Fumle-Drumle gewesen war, der den alten Lappen aus dem Fensterloch gezupft hatte, und sie wären wohl auch sehr erstaunt gewesen, wenn sie es gewusst hätten, denn so viel Mut sich einer menschlichen Behausung zu nähern hätte man ihm nie zugetraut. Fumle-Drumle aber behielt die Sache wohlweislich für sich und hatte gute Gründe dafür. Wind-Eile und Kara hatten ihn nämlich seinerzeit im Beisein der anderen immer ganz gut behandelt. Aber einmal, als alle anderen schon schliefen, waren sie mit einigen Kumpanen im Schutz der Dunkelheit über ihn hergefallen und hätten ihn fast umgebracht. Danach hatte er seinen gewohnten Schlafplatz aufgegeben und war jeden Abend nach Einbruch der Dunkelheit zu der Hütte geflogen, um in ihrem Schutz zu übernachten.

Eines Tages machten die Krähen einen seltsamen Fund. Wind-Eile, Fumle-Drumle und einige andere Krähen waren zu einer großen Kiesgrube geflogen, die sich am Rande der Heide befand. Die Krähen wollten nicht glauben, dass hier nichts anderes als Sand und Steine zu holen sein sollte, und sie flogen unablässig in die Grube hinein und drehten jedes Sandkorn um, weil sie herausfinden wollten, warum die Menschen eine solche Grube gegraben hatten.

Während sie mit dieser Tätigkeit beschäftigt waren, ging plötzlich an einer Seite der Grube eine regelrechte Kieslawine herunter. Die Krähen hüpften aufgeregt dorthin und entdeckten zwischen Kies und Geröll einen ziemlich großen Tonkrug, der mit einem Holzdeckel verschlossen war. Natürlich wollten sie wissen, was in diesem Topf war, und sie mühten sich ab ein Loch in den Krug zu hacken und den Deckel aufzubekommen, doch keins von beiden gelang ihnen.

Ratlos standen sie um den Krug herum und betrachteten ihn, als plötzlich eine Stimme zu hören war: »Soll ich hinunterkommen und euch helfen, ihr Krähen?«

Schnell blickten sie auf und hoch oben am Rande der Grube sahen sie einen Fuchs sitzen, der interessiert nach unten schaute.

»Wenn du uns einen Gefallen tun willst«, sagte Wind-Eile, »sagen wir nicht Nein.«

Die Krähen flogen auf, als der Fuchs den Hang hinuntersprang. Er biss in den Krug und zerrte an dem Deckel, konnte ihn aber auch nicht öffnen.

»Kannst du dir denken, was drin ist?«, fragte Wind-Eile.

Der Fuchs rollte den Krug hin und her, hielt sein Ohr daran und lauschte angestrengt. »Das müssen Silbermünzen sein! Natürlich, lauter Silbermünzen sind's!«, sagte er.

Mit einem solchen Schatz hatten die Krähen nicht gerechnet.

»Bist du sicher?«, fragte Kara.

Der Fuchs rollte den Krug noch einmal hin und her.

»Hört ihr denn nicht, wie es klirrt?«, sagte er. »Das ist Silbergeld!«

Die Augen der Krähen funkelten vor Gier und Habsucht.

»Aber wie kommen wir an das Geld heran?«, fragte Wind-Eile. »Weißt du keinen Weg, Fuchs?«
Der Fuchs rieb sich den Kopf mit der linken Pfote und dachte nach. Vielleicht könnte es ihm mit Hilfe der Krähen und dieses Topfes endlich gelingen diesen Knirps in seine Gewalt zu bringen, der ihm immer wieder entwischte.
»Ich kenne jemanden, der euch den Krug öffnen kann«, sagte er schließlich.
»Wer ist es? Wer ist es?«, riefen die Krähen ungeduldig.
»Ich sage euch den Namen unter einer Bedingung –«
»Welche? Welche?« Die Krähen flatterten aufgeregt umher.
»Ihr müsst mir den Kerl danach ausliefern!«, sagte der Fuchs. Und nun erzählte er den Krähen von Nils Holgersson, dem Däumling, der bestimmt in der Lage sei den Krug zu öffnen. Er selbst wolle von dem Silbergeld nichts haben, ihn interessiere nur der Däumling. Die Krähen hatten keinen Grund den Däumling zu schonen und stimmten bedenkenlos zu.
Die Abmachung war leicht zu vereinbaren gewesen. Die Schwierigkeit bestand nun darin herauszufinden, wo der Däumling und die Wildgänse sich befanden. Wind-Eile begab sich sofort persönlich mit fünfzig Begleitern auf die Suche und versprach bald zurück zu sein. Doch es verging ein Tag nach dem anderen, ohne dass die Krähen auf dem Krähenberg auch nur einen Schimmer von ihm zu sehen bekamen.

*Mittwoch, 13. April*

Die Wildgänse waren im ersten Morgengrauen aufgestanden, um sich etwas Nahrung zu verschaffen, bevor sie auf die Reise nach Gotland gingen. Sie hatten auf einer kleinen, felsigen Insel in der Gansbucht übernachtet und fanden nun im Wasser ringsum genügend Grünzeug, das sie satt machte. Der Junge hatte es nicht so gut, er suchte vergeblich nach etwas Essbarem.

Als er sich, hungrig und zitternd vor Kälte, umsah, fiel sein Blick auf ein paar Eichhörnchen, die am baumbewachsenen Ufer direkt gegenüber spielten. Er dachte, dass die Eichhörnchen vielleicht noch etwas von ihrem Wintervorrat übrig hätten, und bat den Gänserich ihn hinüberzubringen, damit er die Eichhörnchen um ein paar Nüsse bitten könne.

Der große Weiße schwamm sofort mit ihm durch die Bucht, aber der Junge hatte Pech. Die Eichhörnchen waren so sehr in ihr Spiel vertieft und jagten so ausgelassen von Baum zu Baum, dass sie ihn gar nicht bemerkten. Immer tiefer sprangen sie in den Wald und der Junge versuchte ihnen zu folgen, sodass der Gänserich, der am Ufer blieb, ihn bald aus den Augen verloren hatte.

Der Junge watete durch einige Wiesen und die Grashalme und Blumen standen so hoch, dass sie ihm bis ans Kinn reichten. Plötzlich wurde er von hinten gepackt und jemand bemühte sich ihn hochzuheben. Er drehte

sich blitzschnell um und sah, dass ihn eine Krähe am Kragen gefasst hatte.

Er versuchte sich loszureißen, aber ehe ihm das gelang, stürzte eine zweite Krähe heran, packte einen seiner Strümpfe und riss ihn zu Boden.

Hätte Nils Holgersson nicht gezögert und sofort um Hilfe gerufen, so hätte der Gänserich ihm sicher noch helfen können. Aber der Junge hatte wohl geglaubt mit ein paar Krähen schon allein fertig zu werden. Er schlug um sich und wehrte sich aus Leibeskräften, aber die Krähen ließen nicht los und es gelang ihnen sich mit ihm in die Luft zu erheben. Sie gingen dabei so rücksichtslos

und brutal vor, dass der Junge mit dem Kopf an einen dicken Ast stieß. Ihm wurde schwarz vor Augen und er verlor auf der Stelle die Besinnung.
Als er die Augen wieder aufschlug, befand er sich hoch über der Erde. Zuerst wusste er nicht, wo er war und was mit ihm geschah. Warum saß er nicht auf dem Rücken des Gänserichs? Warum schwirrten um ihn herum diese vielen Krähen? Wer zog und zerrte dauernd an ihm, sodass er hinunterzufallen drohte?
Doch plötzlich wurde ihm alles klar. Er war von Krähen geraubt worden und der weiße Gänserich wartete wahrscheinlich am Ufer noch immer auf ihn.
Die Wildgänse hatten vor, heute in östliche Richtung nach Gotland weiterzureisen, und der Junge erkannte am Stand der Sonnenscheibe, dass die Krähen mit ihm südwestwärts flogen. Das Waldgebiet unter ihm musste Smaland sein.
Was wird nur aus dem Gänserich, wenn ich auf ihn nicht mehr aufpassen kann?, sorgte sich der Junge und rief den Krähen zu, sie sollten ihn sofort zu den Wildgänsen zurückbringen. Um sich selbst machte er sich keine Sorgen, er war der Meinung, die Krähen hätten ihn rein zufällig aufgelesen.
Ohne sich um sein Geschrei zu kümmern, setzten die Krähen ihren Flug zügig fort. Nach einer Weile schlug eine von ihnen mit den Flügeln den unter Krähen wohl bekannten Takt, der warnend signalisierte, dass irgendetwas nicht stimmte und Gefahr im Verzuge war. Sofort

tauchten alle in einen Fichtenwald ab, flatterten an riesigen Zweigen vorbei und landeten schließlich auf dem Waldboden. Den Jungen setzten sie unter eine dichte Tanne, die ihn so gut verbarg, dass nicht einmal ein Falke ihn hätte erspähen können.

Die Krähen bildeten einen geschlossenen Kreis um ihn herum und bedrohten ihn mit ihren spitzen Schnäbeln.

»Na, ihr Krähen, vielleicht könnte ich jetzt erfahren, warum ihr mich entführt habt!«, sagte er.

Er hatte kaum zu Ende gesprochen, als ihn eine fette Krähe auch schon anzischte: »Halt's Maul oder ich hacke dir die Augen aus!«

Die Krähe meinte dies zweifellos ernst und dem Jungen blieb nichts anderes übrig als zu gehorchen. Und so saß er denn da, starrte die Krähen an und die Krähen starrten ihn an.

Je länger er sie jedoch ansah, desto weniger gefielen sie ihm. Ihr Gefieder war dermaßen verdreckt, als hätten sie noch nie etwas von einem Bad und vom Einölen gehört. Getrocknete Erde klebte an ihren Zehen und Klauen und aus den Schnäbeln hingen Essensreste. Die Krähen waren schon eine ganz andere Art Vögel als die Wildgänse und auf den Jungen machten sie nicht nur einen ungepflegten, sondern auch einen gierigen und grausamen Eindruck.

Da bin ich ja richtig unter die Räuber geraten, dachte der Junge.

Im selben Augenblick hörte er den Lockruf der Wildgänse über sich: »Wo bist du? Hier bin ich! Wo bist du? Hier bin ich!«

Er verstand sofort, dass die Wildgänse ihn suchten, aber ehe er ihnen antworten konnte, zischte die fette Krähe, die anscheinend die Bande anführte, ihm ins Ohr: »Denk an deine Augen!« Und wieder blieb ihm nichts anderes übrig als zu schweigen.

Die Wildgänse ahnten nicht, wie nahe der Junge ihnen war. Er hörte sie noch einige Male rufen, aber ihre Stimmen entfernten sich immer mehr und waren schließlich nicht mehr zu hören.

»Jetzt musst du dir selbst helfen, Nils Holgersson!«, sagte der Junge zu sich.

Die Krähen warteten noch eine Weile, dann machten sie sich zum Weiterflug bereit. Als sie den Jungen wieder zu zweit an Strumpf und Kragen packen wollten, fragte er, ob denn keine von ihnen stark genug sei ihn auf den Rücken zu nehmen?

»Ihr habt mich arg zugerichtet«, stöhnte er. »Mir tun schon alle Knochen weh! Lasst mich doch reiten, ich springe auch bestimmt nicht hinunter!«

»Was schert es uns, wie es dir geht?«, sagte der Anführer, aber da meldete sich die größte der Krähen, die eine weiße Feder im Flügel hatte, und sprach: »Es wäre besser, Wind-Eile, wenn wir den Kleinen ganz und nicht halb nach Hause brächten! Lass mich versuchen, ob ich ihn auf meinem Rücken tragen kann.«

»Wenn du es schaffst, Fumle-Drumle, habe ich nichts

dagegen«, entgegnete Wind-Eile. »Aber lass ihn bloß nicht fallen!«

Damit war schon viel gewonnen und der Junge fühlte sich entschieden besser. Mit diesem Pack werde ich schon fertig, dachte er, als sich die Krähen nun wieder auf den Weg machten. Sie flogen weiter in südwestliche Richtung über Smaland. Der Morgen war sonnig und warm und es ging schnell voran. Die Landschaft unter ihnen hatte sich etwas verändert, es gab nun viele große Seen mit kleinen Inseln darin.

Die Krähen schienen in großer Eile zu sein. Kam ihnen unterwegs eine Taube oder Drossel entgegen, so hatten sie nicht ein Wort des Grußes für sie übrig, sondern flogen stur weiter. Nur der Junge rief allen Vögeln, die ihnen begegneten, ein paar freundliche Worte zu und erregte als Krähenreiter einiges Aufsehen.

Gegen Mittag ließen sich die Krähen auf einer Wiese nieder und begannen sofort hungrig nach Nahrung zu suchen, ohne daran zu denken, dass der Junge wohl auch großen Hunger haben musste. Aber niemand gab ihm etwas ab. Da flog plötzlich Fumle-Drumle mit einem Rosenzweig im Schnabel auf den Anführer zu: »Sieh her, Wind-Eile«, sagte er, »es sind noch rote Hagebutten daran, die werden dir bestimmt schmecken.«

Aber Wind-Eile krächzte nur verächtlich: »Meinst du, ich fresse alte vertrocknete Hagebutten?«

»Ich dachte, du würdest dich darüber freuen«, sagte Fumle-Drumle und warf den Zweig enttäuscht weg,

und zwar genau dem Jungen vor die Füße. Der bückte sich schnell und verzehrte mit großem Appetit die Hagebutten.
Bald darauf zogen die Krähen weiter und die Sonne ging schon unter, als sie endlich die große Heide erreichten. Wind-Eile hatte einen Boten vorausgeschickt mit der Nachricht, dass sie den Däumling gefangen hatten, und Kara kam ihnen nun mit mehreren hundert Krähen zur Begrüßung entgegen.
Es gab einen ohrenbetäubenden Empfang und mitten in all dem Gekrächze sagte Fumle-Drumle zu dem Jungen: »Während der ganzen Reise warst du so fröhlich und vergnügt, dass ich dich richtig ins Herz geschlossen habe! Nimm daher einen guten Rat von mir an: Wenn wir uns gleich niedergelassen haben, wird man dir befehlen eine Arbeit zu verrichten, die dir zweifellos ganz leicht fallen wird – hüte dich aber davor, diese Arbeit zu tun!«
Kurz darauf setzte Fumle-Drumle den Däumling auf dem Boden der Kiesgrube ab. Der Junge ließ sich der Länge nach hinfallen und es schien, als sei er am Ende seiner Kräfte.
»Steh auf, Kleiner!«, rief Wind-Eile. »Wir wollen, dass du etwas für uns tust, was für dich eine Leichtigkeit sein wird.«
Der Junge rührte sich nicht und stellte sich schlafend. Da packte ihn Wind-Eile, ohne ein weiteres Wort zu verlieren, am Arm und schleifte ihn durch den Sand vor

den Tonkrug. »Steh auf, Däumling«, befahl er, »und öffne diesen Krug!«
»Lass mich doch schlafen«, murmelte der Junge. »Ich bin heute zu müde, um noch irgendetwas zu tun. Wartet bis morgen.«
»Öffne sofort den Krug!«, krächzte Wind-Eile und schüttelte ihn kräftig durch.
Der Junge stand auf und sah sich den Topf genau an.
»Wie soll ich armes Kind diesen Krug öffnen? Der ist ja so groß wie ich!«
»Öffne ihn jetzt!«, schrie Wind-Eile. »Sonst kannst du was erleben!«
Der Junge schwankte hin und her, berührte leicht den Deckel, ließ aber sofort wieder den Arm sinken.
»Ich bin sonst eigentlich nicht so schwach«, sagte er, »wenn ihr mich bis morgen schlafen lasst, kann ich ihn bestimmt öffnen!«
Doch Wind-Eile war voller Ungeduld. Er sprang vor und zwackte den Jungen ins Bein. Eine solche Behandlung aber wollte der sich nicht gefallen lassen. Er riss sich los, trat ein paar Schritte zurück, zog schnell sein Messer aus der Scheide und hielt es der fetten Krähe ausgestreckt entgegen.
»Nimm dich in Acht, du!«, rief er Wind-Eile zu.
Der aber geriet so in Wut, dass er die Gefahr nicht erkannte. Blindlings stürzte er sich auf den Jungen und rannte diesem direkt ins Messer. Die Klinge drang Wind-Eile durch ein Auge tief ins Gehirn. Obwohl der

Junge das Messer rasch zurückgezogen hatte, kam jede Hilfe zu spät. Wind-Eile schlug noch ein paar Mal mit den Flügeln und sank dann tot zu Boden.
»Wind-Eile ist tot! Der Fremde hat unseren Häuptling Wind-Eile getötet!«, riefen die Krähen, die dem Geschehen ganz nah beigewohnt hatten, und es setzte ein unbeschreiblicher Lärm ein. Die einen jammerten, die anderen schrien nach Rache. Sie liefen und flatterten auf den Jungen zu, allen voran Fumle-Drumle. Aber der verhielt sich wieder einmal ganz seltsam. Er flatterte nur aufgeregt mit ausgebreiteten Flügeln über dem Jungen und hinderte so die anderen daran, an ihn heranzukommen und auf ihn einzuhacken.
Der Junge befand sich in einer heiklen Lage. Davonlaufen konnte er nicht und es gab auch weit und breit keinen Ort, wo er sich verstecken konnte. Sein Blick fiel auf den Tonkrug. Er fasste den Deckel und riss ihn mit einem kräftigen Ruck herunter. Dann sprang er in den Krug, um sich darin vor den Krähen in Sicherheit zu bringen. Aber der Krug erwies sich als ein schlechtes Versteck, denn er war voller Silbermünzen, sodass der Junge gar nicht ganz hineinpasste. Kurzerhand griff er in die Münzen und begann sie hinauszuwerfen.
Hatten die Krähen ihn bisher in dichtem Schwarm umflattert und versucht auf ihn einzuhacken, so schienen sie plötzlich alle Rachegelüste vergessen zu haben und stürzten sich nur noch auf die Silbermünzen, um sie aufzupicken. Mit vollen Händen schleuderte der Junge

das Geld hinaus und die Krähen schnappten danach, selbst Wind-Kara. War es einer Krähe gelungen eine Münze zu fangen, flog sie damit sofort los, um sie in ihrem Nest zu verstecken.

Als der Junge alle Geldstücke aus dem Krug geworfen hatte, schaute er auf und sah, dass nur noch eine einzige Krähe in der Kiesgrube war. Es war Fumle-Drumle mit der weißen Feder im Flügel, der ihn getragen hatte.

»Du hast mehr für mich getan, als du ahnst, Däumling«, sagte die Krähe mit ganz anderer Stimme und in ganz anderem Ton als vorher, »deshalb will ich dir gern das Leben retten. Setz dich wieder auf meinen Rücken, ich bringe dich in ein Versteck, wo du sicher übernachten kannst! Morgen sorge ich dafür, dass du zu deinen Freunden, den Wildgänsen, zurückgebracht wirst!«

## *Donnerstag, 14. April*

Als der Junge am nächsten Morgen die Augen aufschlug, lag er auf einem richtigen Bett. Er blickte sich um und stellte erstaunt fest, dass er sich in einem großen Haus mit vier Wänden und einem Dach darüber befand. Da glaubte er wieder zu Hause zu sein und rechnete jeden Moment damit, dass die Mutter ihm das Frühstück bringen würde.

Aber dann fiel ihm ein, dass er ja in der verlassenen Hütte am Krähenberg war und dass Fumle-Drumle ihn gestern Abend hierher gebracht hatte.

Dem Jungen tat nach der gestrigen Reise alles weh und er war froh so bequem zu liegen, während er auf Fumle-Drumle wartete, der versprochen hatte ihn holen zu kommen.

Vor dem Bett hing ein karierter Baumwollvorhang, den er etwas zur Seite schob, um sich in der Hütte besser umsehen zu können. Sie war sehr klein und schien eher für Zwerge gemacht. Die Eingangstür befand sich an der

einen Giebelseite neben dem Herd und die Tür war so schmal, dass sie eher wie eine Luke aussah. Es gab kaum Möbel, nur eine Bank, einen bunten Wandschrank und das Bett, in dem er lag.
Wem die Hütte wohl gehört?, fragte er sich. Und warum ist sie verlassen? Es sah so aus, als hätten die Besitzer vorgehabt nur kurze Zeit auszubleiben. Die Kaffeekanne und der Suppentopf standen noch auf dem Herd und davor lag das Brennholz. Auf der Fensterbank stand ein Kerzenstummel und daneben lag eine Hand voll Streichhölzer.
Was der Junge jedoch nun unter dem Dach entdeckte, brachte ihn auf die Beine! Da hingen an einem Haken getrocknete Fladenbrote, die zwar teilweise schon etwas angeschimmelt waren, aber den ausgehungerten Däumling unwiderstehlich anzogen. Mit dem langen Brotschieber, der neben dem Herd gestanden hatte, angelte er eines der Brote vom Haken und aß sich erst einmal satt. Welch köstliches Brot!, dachte er zufrieden und stopfte sich noch alle Taschen damit voll.
Er blickte sich in der Stube um und überlegte, was er wohl Nützliches noch mitnehmen könnte. Da sich ja offensichtlich niemand mehr um die Hütte kümmerte, hatte er auch kein schlechtes Gewissen sich etwas zu nehmen, was er vielleicht noch brauchen konnte. Aber das meiste war entweder zu groß oder zu schwer. Das Einzige, was er noch in seine Tasche stecken konnte, waren einige Streichhölzer.

Er kletterte also auf den Tisch und schwang sich mithilfe des Vorhangs auf die Fensterbank. Als er dort stand und die Streichhölzer einsteckte, kam die Krähe mit der weißen Feder durchs Fenster geflogen.
»Da bin ich wieder«, sagte Fumle-Drumle und hüpfte auf den Tisch. »Ich konnte nicht früher kommen, weil wir Krähen einen neuen Häuptling gewählt haben.«
»Wen habt ihr denn gewählt?«, fragte der Junge.
»Einen, der gegen Raub und Ungerechtigkeit ist«, sagte die Krähe und reckte sich, sodass sie sehr majestätisch aussah. »Es ist Garm Weißfeder, den sie früher nur Fumle-Drumle nannten.«
»Das war eine gute Entscheidung!«, sagte der Junge und gratulierte Fumle-Drumle, der nun erzählte, wie er unter Wind-Eile und Kara zu leiden gehabt hatte.
Plötzlich mischte sich von draußen eine Stimme in Garms Erzählung und diese Stimme kannte der Junge nur zu gut.
»Ist er hier?«, fragte Smirre, der Fuchs.
»Ja, er ist da drin!«, antwortete eine Krähenstimme.
»Vorsicht, Däumling«, flüsterte Garm. »Das sind Kara und Smirre, der dich fressen will!«
Mehr konnte er nicht sagen, denn mit einem Sprung gegen das Fenster hatte der Fuchs den morschen Rahmen aus der Verankerung gerissen und landete geradewegs auf dem Tisch. Garm Weißfeder, der neu gewählte Häuptling, konnte nicht mehr davonfliegen und der Fuchs biss ihn sofort tot.

Dann sprang er auf den Boden und sah sich nach dem Jungen um.
Dieser versuchte sich hinter einer Garnrolle zu verstecken, aber Smirre hatte ihn schon entdeckt und setzte zum Sprung an – es gab kein Entrinnen mehr.
Doch der Junge griff hastig in die Tasche und riss blitzschnell ein Streichholz an, mit dem er das Garn und ein paar Lumpen entzündete, die auf dem Boden herumlagen. Ein brennendes Lumpenstück warf er nach Smirre, den eine solche Panik erfasste, dass er an den Jungen gar nicht mehr dachte und jaulend aus der Hütte floh.
Nun war der Junge einer Gefahr entgangen, aber sogleich in die nächste geraten, denn das Feuer hatte schnell auf die Vorhänge übergegriffen, dann auf die Gardinen am Bett und schon brannte die ganze Hütte. Dicker Rauch und große Hitze breiteten sich in der Stube aus und der Junge drohte zu ersticken.
Smirre war draußen vor dem Fenster stehen geblieben und wusste genau, wie es nun um den Jungen stand.
»Na, Däumling«, rief er schadenfroh, »jetzt kannst du dir aussuchen, ob du gebraten oder gefressen werden willst! Ich würde dich zwar lieber fressen, aber letztlich ist es mir egal, wie du stirbst!«
In der Hütte hatte sich das Feuer immer mehr ausgebreitet und der Junge glaubte wirklich, sein letztes Stündlein habe geschlagen. In seiner Verzweiflung war er zum Herd gekrochen und wollte durch die Luke in den Backofen klettern, um sich dort vor dem Feuer in Si-

cherheit zu bringen, als er plötzlich hörte, wie von draußen ein Schlüssel ins Schloss gesteckt und langsam umgedreht wurde. Das konnten nur Menschen sein! In seiner Not fürchtete er sich überhaupt nicht vor ihnen, er war vielmehr überglücklich. Er war schon bei der Tür angelangt, als diese sich öffnete und zwei Kinder auf der Schwelle standen. Ohne zu zögern, stürzte der Junge an ihnen vorbei ins Freie.

Aber er wagte es nicht, weit zu laufen, denn schließlich streunte Smirre noch in der Gegend herum. Am sichersten war er noch in der Nähe der Kinder. Und hatte er die beiden nicht schon irgendwo gesehen? Natürlich, er hatte im Herbst zusammen mit ihnen in Västra Vemmenhög die Gänse gehütet! Er blieb stehen, drehte sich um und rief laut: »Guten Tag, Asa! Guten Tag, kleiner Mats!«

Mit ausgebreiteten Armen lief er freudig auf die beiden zu und hatte die brennende Hütte, Smirre und die Krähen vergessen. Im Geiste sah er sich mit den beiden smaländischen Kindern über die Stoppelfelder ziehen und Gänse hüten.

Als aber die Kinder den kleinen Wicht auf sich zurennen sahen, nahmen sie sich gegenseitig an die Hand, wichen ein paar Schritte zurück und sahen zu Tode erschrocken aus.

Da kam der Junge wieder zu sich und erinnerte sich, wer er nun war. Er dachte, es könne ihm nichts Schlimmeres passieren, als dass ausgerechnet Asa und Mats ihn so verzaubert sähen. Scham und Kummer darüber, kein Mensch mehr zu sein, überwältigten ihn und er drehte sich auf dem Absatz um und lief davon, ohne zu wissen, wohin.

Doch auf einmal befand er sich auf einer Heide. Durch das Heidekraut schimmerte es eigenartig weiß und ihm entgegen kam der Gänserich zusammen mit Daunenfein. Als der Weiße sah, wie schnell der Junge auf ihn zugelaufen kam, glaubte er, schlimme Feinde wären hinter ihm her. Rasch nahm er ihn auf seinen Rücken und flog mit ihm davon.

# *Das Hüttenwerk*

*Donnerstag, 28. April*

Von Smaland aus waren die Wildgänse über Ostgötland und Närke geflogen und hatten nun den ausgedehnten Bergwerksdistrikt von Västmanland erreicht. Es herrschte starker Westwind, der sie immer wieder vom Nordkurs abbrachte und nach Osten trieb. Da Akka vermutete, dass Smirre ihnen durch die östlichen Teile des Landes folgte, wollte sie es unbedingt vermeiden, in diese Richtung zu fliegen, und die Gänse hatten ihre liebe Mühe immer wieder gegen den heftigen Westwind zu halten. So kamen sie nur langsam voran und befanden sich am Nachmittag noch immer über dem Bergwerksdistrikt.

Gegen Abend legte sich der Wind und die erschöpften Reisenden hofften vor Sonnenuntergang noch eine ordentliche Strecke zurücklegen zu können, als sie plötzlich von einer gewaltigen Windböe erfasst wurden, die die Gänse wie Bälle durch die Luft wirbelte. Der Junge, der wie gewöhnlich auf dem Rücken des Gänserichs

gesessen und an nichts Böses gedacht hatte, verlor den Halt und wurde hoch in die Luft geschleudert.
So klein und federleicht, wie der Junge war, fiel er bei dem Sturm nicht geradewegs auf die Erde hinunter, sondern wurde wie ein welkes Blatt zunächst hochgeweht und taumelte dann langsam abwärts.
Na, das ist ja harmlos, dachte der Junge und schaukelte abwärts. Ich segle so langsam nach unten, als wäre ich ein Blatt Papier. Gleich kommt der Gänserich Martin und liest mich wieder auf!
Als er auf der Erde angekommen war, riss er sich sogleich die Mütze vom Kopf und winkte damit, um dem Gänserich zu zeigen, wo er war.
»Hier bin ich! Wo bist du? Hier bin ich! Wo bist du?«, rief er und war geradezu erstaunt, dass Martin immer noch nicht neben ihm stand.
Aber der große Weiße war nicht zu sehen und die Wildgansschar zeichnete sich auch nicht am Himmel ab. Die Gänse waren spurlos verschwunden.
Der Junge fand dies zwar recht merkwürdig, war aber keineswegs beunruhigt. Er dachte keinen Augenblick daran, dass Akka oder Martin ihn im Stich lassen würden. Wahrscheinlich hatte der heftige Windstoß sie abgetrieben, und sobald es ihnen möglich war, würden sie umkehren und ihn holen.
Aber wo war er da eigentlich gelandet? Bisher hatte er nur den Himmel abgesucht, doch nun blickte er um sich. Er stand gar nicht auf der ebenen Erde, sondern war in

einer tiefen, weiten Schlucht, oder was immer es auch sein mochte, gelandet. Er befand sich in einem Raum, so groß wie eine Kathedrale, mit fast senkrechten Felswänden an allen Seiten und ganz ohne Dach. Am Boden lagen große Felsbrocken, zwischen denen Moos, Wildkräuter und kleine Birken wuchsen. Hier und da ragten große Felsvorsprünge aus den Wänden und von diesen hingen zerbrochene Leitern. Auf der einen Seite gähnte ein riesiges schwarzes Loch. Es schien der Eingang zu einem Gewölbe zu sein, das tief in den Berg hineinführte.

Der Junge war den ganzen Tag über das Bergwerksgebiet geflogen und hatte viele Bergwerke aus der Luft gesehen. Er vermutete sogleich, dass Menschen vor langer Zeit hier nach Erz gegraben und so diese große Schlucht geschaffen hatten.

Ich muss sofort versuchen hier herauszukommen, dachte der Junge, sonst können die Wildgänse mich nicht finden!

Er wollte sich gerade daranmachen, eine der steilen Felswände hinaufzuklettern, als er von hinten gepackt wurde. Gleichzeitig vernahm er eine raue Stimme, die ihm ins Ohr brummte: »Was bist du denn für einer?«

Der Junge drehte sich schnell um und glaubte erschreckt, einem großen Felsbrocken gegenüberzustehen, der über und über mit braunem Moos behangen war. Dann aber sah er, dass der Felsbrocken breite Füße hatte, einen Kopf, Augen und ein großes brummendes Maul.

Der Junge brachte kein Wort heraus, aber das große Tier schien auch gar keine Antwort erwartet zu haben. Es warf den Kleinen kurzerhand um, rollte ihn mit einer Tatze hin und her und beschnupperte ihn neugierig, als wolle es ihn gleich verschlingen. Doch da hielt es in seinem Tun inne und rief: »Murre und Brumme! Kommt her! Ich habe einen leckeren Happen für euch!«

Sofort trotteten auf wackeligen Beinen zwei zottelige Junge herbei, die noch sehr jung sein mussten, denn sie hatten ganz weiches Fell und benahmen sich wirklich sehr täppisch.

»Was hast du denn da, Bärenmutter? Zeig her!«, riefen die kleinen Bären.

Nun bin ich also unter die Bären geraten, dachte der Junge. Da kann sich Smirre ja wohl die weitere Jagd nach mir ersparen!

Die Bärenmutter schob ihn mit der Tatze zu den Kindern hinüber und eins nahm ihn sofort ins Maul und lief mit ihm davon. Es biss glücklicherweise nicht sehr fest zu, denn es wollte noch ein bisschen mit dem Däumling spielen und sich amüsieren, bevor es ihn zu fressen gedachte. Das andere Junge zottelte hinter dem ersten her, um ihm seine Beute abzujagen. Die beiden kugelten übereinander, wälzten, bissen und kratzten sich und der Junge hatte seine liebe Not inmitten dieser Balgerei unversehrt zu bleiben.

Die kleinen Bären waren mit ihrem Spiel so beschäftigt, dass es dem Jungen schließlich sogar gelang den beiden zu entwischen. Er lief schnell zu der Felswand und begann hinaufzuklettern.
Aber die Bärenjungen waren schon hinter ihm her, holten ihn ein und warfen ihn wie einen Spielball ins Moos. So muss sich ein armes Mäuschen fühlen, das der Katze in die Krallen geraten ist!, dachte der Junge.
Er versuchte immer wieder zu entkommen, lief in den Grubeneingang hinein, versteckte sich hinter großen Steinen und kletterte auf Birken, aber die beiden Bärenkinder fanden ihn überall. Wenn sie ihn dann hatten, ließen sie ihn wieder laufen und hatten großen Spaß ihn aufs Neue einzufangen.

Der Junge hatte dieses Spielchen schließlich so satt, dass er sich einfach auf den Boden warf und beschloss sich nicht mehr zu rühren.
»Nun lauf! Lauf schon!«, riefen die jungen Bären. »Sonst fressen wir dich!«
»Dann tut es doch«, entgegnete der Junge, »ich kann nicht mehr.«
Sofort trotteten die beiden zu ihrer Mutter und jammerten: »Bärenmutter! Bärenmutter! Er will nicht mehr spielen!«
»Dann macht ihn jetzt tot und teilt ihn euch redlich!«, sagte die Bärenmutter. Als der Junge sie so reden hörte, bekam er einen solchen Schreck, dass er sofort aufsprang und das Spiel fortsetzte.
Als es Schlafenszeit war und die Bärenmutter ihre Jungen rief, waren sie so begeistert von ihrem neuen Spiel, dass sie beschlossen es morgen unbedingt weiterzuspielen. Sie nahmen den Jungen in die Mitte und bedeckten ihn mit ihren Tatzen, sodass er sich nicht rühren konnte, ohne sie aufzuwecken.
Die Bären schliefen sofort ein und der Junge hatte vor noch eine Weile zu warten und dann einen Fluchtversuch zu riskieren. Doch nie zuvor in seinem Leben war der Arme so arg gestoßen, gerollt, gejagt, hin und her geworfen und herumgewirbelt worden und er war so hundemüde, dass er sofort einschlief.
Irgendwann in der Nacht kam auch der Bärenvater. Er kletterte die Felswand herunter und vom Geräusch der

herabfallenden Steine erwachte der Junge. Der Bär war entsetzlich groß, hatte gewaltige Pranken und ein riesiges Maul mit fürchterlich scharfen Eckzähnen, die in der Dunkelheit aufblitzten. Darüber leuchteten zwei kleine, boshafte Augen.

Dem Jungen lief es eiskalt den Rücken hinunter und er schauderte, als er den alten König des Waldes erblickte.

»Hier riecht es nach Mensch!«, brummte der Bärenvater, kaum dass er bei der Bärenmutter angekommen war.

»Unsinn, das bildest du dir nur ein!«, erwiderte die Bärenmutter und blieb ganz ruhig liegen. »Es ist zwar ausgemacht, dass wir den Menschen nichts mehr tun, aber wenn sich einer hierher wagte, wo wir mit den Kindern sind, so würde von ihm gewiss nicht soviel übrig bleiben, dass du es noch riechen könntest!«

Der Bärenvater legte sich neben die Bärin, schien aber mit ihrer Antwort nicht ganz zufrieden zu sein, denn er schnupperte und witterte immer noch.

»Jetzt hör schon auf mit dem Geschnupper!«, sagte die Bärin. »Du solltest mich eigentlich so gut kennen, dass du weißt, dass ich nie etwas Gefährliches an die Kinder heranlassen würde. Erzähl mir lieber, was du die ganze Zeit über getrieben hast. Ich habe dich seit einer Woche nicht mehr gesehen!«

»Ich habe mich nach einer neuen Wohnung für uns umgesehen«, seufzte der Bärenvater. »Zuerst war ich in Värmland, um mich bei den Verwandten dort umzuhören, aber diesen Weg hätte ich mir sparen können, sie sind alle fortgezogen und im ganzen Wald ist keine einzige Bärenhöhle mehr bewohnt.«

»Ich glaube«, sagte die Bärin, »die Menschen wollen den ganzen Wald für sich allein haben. Selbst wenn wir sie und ihr Vieh in Ruhe lassen und versprechen, uns nur noch von Beeren, Ameisen und Kräutern zu ernähren, würden sie uns aus den Wäldern jagen. Wo sollen wir eigentlich noch eine sichere Bleibe finden?«

»Nun, hier in der alten Grube ist es uns ja viele Jahre nicht schlecht gegangen«, sagte der Bär. »Aber seit neben uns das große Klopfwerk mit diesem entsetzlich lauten Eisenhammer errichtet worden ist, kann ich es hier einfach nicht mehr aushalten. Ich habe mich auch schon in Daläl f in der Gegend von Garpenberg umgesehen. Dort gibt es noch eine Menge Grubenlöcher und viele gute Verstecke. Ich hatte den Eindruck, dass man dort vor Menschen noch ziemlich sicher ist . . .«

Als er das sagte, richtete er sich auf und fing wieder an zu schnuppern. »Seltsam, ich brauche nur an Menschen zu denken, schon rieche ich sie auch«, sagte er.

»Dann sieh doch selbst nach, wenn du mir nicht glaubst!«, sagte die Bärin. »Ich möchte wissen, wo sich hier ein Mensch verstecken sollte.«

Da erhob sich der Bär und ging schnuppernd durch die ganze Höhle, ohne etwas zu entdecken.

»Na, bist du jetzt zufrieden?«, fragte die Bärenmutter. »Du glaubst ja immer, außer dir habe niemand Augen, Ohren und Nase!«

»Bei solch einer Nachbarschaft, wie wir sie haben, kann man nicht vorsichtig genug sein«, sagte der Bär ruhig. Doch dann sprang er plötzlich mit großem Gebrüll wieder auf; denn eines der Bärenkinder hatte seine Tatze auf Nils Holgerssons Gesicht gelegt und ihm die Luft genommen, sodass er laut niesen musste.
Da konnte die Bärin den alten Bären nicht mehr halten. Er stieß die Jungen zur Seite, das eine flog nach links, das andere nach rechts und dann sah er den Däumling, noch ehe sich dieser aufrichten konnte.
Der Bär hätte ihn unweigerlich sofort gefressen, wenn die Bärenmutter nicht dazwischengegangen wäre.
»Lass ihn in Ruhe! Der gehört den Kindern! Sie haben den ganzen Abend so schön mit ihm gespielt und ihn nicht verspeist, damit sie morgen noch etwas von ihm haben!«
Aber der Bär stieß seine Frau zur Seite. »Misch dich nicht in Dinge ein, von denen du nichts verstehst!«, fauchte er. »Hast du seinen penetranten Menschengeruch nicht bemerkt? Ich fresse ihn besser sofort, bevor er ein Unheil anrichtet!«
Wieder riss er den fürchterlichen Rachen auf, doch inzwischen war der Junge hellwach und hatte in aller Eile seine einzige Waffe hervorgeholt – die Streichhölzer. An seiner rauhen Lederhose zündete er eins an und steckte es dem Bären brennend ins Maul.
Der alte Bär brüllte auf, als ihm der Schwefelgestank in die Nase stieg, aber da war die Flamme auch schon

erloschen. Schon hielt der Junge drohend ein zweites Streichholz bereit, doch der Bär griff seltsamerweise nicht wieder an.

»Kannst du noch mehr von diesen grellblauen Blumen anzünden?«, fragte er.

»Genug, um den ganzen Wald in Flammen zu setzen«, entgegnete der Junge und wollte den Bären damit erschrecken.

»Kannst du auch ein Haus oder einen ganzen Hof anzünden?«, erkundigte sich der Bär interessiert.

»Klar! Das ist doch keine Kunst!«, prahlte der Junge und hoffte sich mit diesen Worten Respekt zu verschaffen.

»Das ist gut«, sagte der Bär. »Bin ich froh, dass ich dich noch nicht gefressen habe; denn du musst mir einen Gefallen tun!«
Der Bärenvater nahm den Jungen ganz vorsichtig und behutsam zwischen die Zähne und machte sich daran, mit ihm aus der Grube hinauszuklettern. Der Bär, so groß und schwer er war, bewegte sich geschickt und leichtfüßig und hatte die Felswand im Nu erklommen. Oben lief er rasch in den Wald und sein schwerer Körper durchpflügte das Gestrüpp wie ein Schiff die Brandung. Er war für ein Leben im Wald wirklich wie geschaffen!
Auf einer Anhöhe blieb der Bär stehen und deutete auf die vielen großen Fabrikgebäude, die sich unter ihnen erstreckten. In einem befanden sich die Hochöfen, in denen das Eisen aus dem Erz geschmolzen wurde. In einem anderen wurde das Roheisen in Formen gegossen und in wieder einem anderen Gebäude wurde das noch glühende Eisen bearbeitet, und zwar mittels eines gewaltigen Hammerwerks, das unablässig polterte und dröhnte und einen Lärm machte, dass man sein eigenes Wort nicht mehr verstehen konnte.
»Das ist der Eisenhammer!«, schrie der Bär.
Das riesige Hüttenwerk war am Rande eines Wasserfalls errichtet worden. Hohe Schornsteine stießen schwarze Rauchwolken aus und überall lagen Berge von Kohle und Schlacke. Es gab Gerätehallen und Geschäfte, eine Schule, ein Vereinshaus, viele kleine Arbeiterwohnungen und einige prächtige Villen.

Der Junge aber hatte nur Augen für die Fabrikgebäude. Vor dem dunkelblauen Nachthimmel schäumte weiß der Wasserfall und vor diesem standen riesengroß die Gebäude und jagten unter lautem Getöse immer aufs Neue Funken, Rauch und Feuer in die Nacht hinaus und über allem lag das rhythmische Dröhnen des Klopfwerks. Es war der eindrucksvollste Anblick, den der Junge jemals gehabt hatte.

»Du willst doch wohl nicht behaupten, dass du auch solch große Gebäude in Brand stecken kannst«, sagte der Bär.

Der Junge stand fest eingeklemmt zwischen den Tatzen des Bären und dachte bei sich, dass er so lange nichts zu befürchten haben würde, wie der Bär seinen Nutzen von ihm hatte. Auch würde der Bär ihn sicher respektvoller behandeln, wenn er hörte, wie geschickt und mächtig der Junge war, und er sagte daher selbstbewusst: »Ob klein oder groß, ich stecke jedes Gebäude in Brand!«

»Dann will ich dir etwas sagen«, sagte der Bärenvater. »Meine Vorfahren haben seit eh und je in diesem Gebiet gewohnt und ich habe das Jagdrevier, die Weideplätze, alle Höhlen und Verstecke von ihnen geerbt und hier immer in Ruhe und Frieden gewohnt. Auch die Menschen haben mich anfangs nicht gestört. Sie kamen eines Tages, gruben in den Bergen herum, holten etwas Erz heraus und bauten dort am Wasserfall einen Schmelzofen und einen Eisenhammer.

Der Hammer dröhnte nur ein paar Mal am Tag und der Schmelzofen war nie länger als einige Mondwechsel in Betrieb. Das war gut zu ertragen. Aber dann haben die Menschen vor ein paar Jahren dieses riesige Klopfwerk dort unten errichtet und der neue Eisenhammer arbeitet ununterbrochen Tag und Nacht. Das ist nicht mehr auszuhalten.

Früher wohnten hier nur der Fabrikdirektor und einige Schmiede, aber jetzt laufen hier so viele Menschen herum, dass man vor ihnen nie und nirgendwo mehr sicher sein kann. Ich hatte vor endgültig wegzuziehen und war sogar schon auf Wohnungssuche, doch jetzt weiß ich etwas Besseres!«

Der Junge überlegte, was dem Bärenvater wohl eingefallen sein könnte, aber ehe er danach fragen konnte, hatte der Bär ihn schon wieder zwischen die Zähne genommen und trottete mit ihm den Hügel hinab. Der Junge konte nicht viel sehen, doch der ständig anschwellende Lärm verriet ihm, dass sie sich dem Eisenhammer näherten.

Der Bär kannte das Hüttenwerk gut. In schlaflosen Nächten war er oft um die Gebäude herumgestrichen und hatte versucht sie mit den Pranken zum Einsturz zu bringen, aber dazu hatte selbst seine gewaltige Kraft nicht ausgereicht.

An der Seite eines Gebäudes lag unter einem großen Fenster ein Schlackehaufen. Auf diesen kletterte der Bär, nahm den Jungen in die Vorderpfoten und hob ihn in die Höhe.

»Jetzt kannst du hineinsehen!«, sagte er.

Drinnen hing von der Decke eine große schwarze Kugel herab, die mit geschmolzenem Eisen gefüllt war. Gerade wurde mit großem Getöse ein starker Luftstrom in die Kugel gepresst und ein gewaltiger Funkenregen ergoss sich in den schillerndsten Farben nach allen Seiten. Der

Bär ließ den Jungen das prächtige Schauspiel genießen. Nun floss das feuerrote, flüssige Eisen aus der Kugel in verschiedene Gefäße. Dem Jungen kam das alles so wundervoll vor, dass er fast vergaß, dass er in den Pranken eines Bären gefangen war.

Der Bärenvater gewährte dem Jungen auch einen Blick in das Walzwerk. Soeben holte ein Arbeiter mit einer großen Zange ein kurzes Stück glühendes Eisen aus dem Ofen und warf es unter eine mächtige Walze. Als das Eisenstück wieder unter der Walze hervorkam, war daraus eine lange, flache Stange geworden, die sofort vom nächsten Arbeiter ergriffen und rasch unter eine andere Walze gelegt wurde, die eine noch dünnere Stange daraus machte. Und so ging es von Walze zu Walze, bis am Ende aus dem ehemals kurzen Eisenstück ein langer rot glühender Draht geworden war.

Schließlich gingen sie noch ein Gebäude weiter und der Bär zeigte dem Jungen auch den Hochofen und das Klopfwerk und der Junge war zutiefst beeindruckt, als er sah, wie die Arbeiter mit dem Feuer umgingen und das glühende Eisen nach Belieben verformten und verbogen.

»So geht das hier Tag und Nacht«, klagte der Bär und legte sich auf den Boden, »es ist wirklich nicht mehr auszuhalten! Wie gut, dass ich der Sache jetzt endlich ein Ende bereiten kann!«

»Aha, das kannst du?«, fragte der Junge. »Wie willst du das denn machen?«

»Nun, ich dachte, du steckst diese Gebäude einfach in Brand!«
Dem Jungen lief es eiskalt den Rücken hinunter. Deshalb also hatte der Bärenvater ihn hierher geschleppt!
»Wenn du das Hüttenwerk anzündest, schenke ich dir das Leben. Tust du es nicht, dann ist es bald aus mit dir!«
Die großen Gebäude hatten mächtige Backsteinmauern. Der Bärenvater kann machen, was er will, dachte der Junge, aber diese Gemäuer kann ich unmöglich in Brand setzen!
Da fiel sein Blick auf einen Haufen Stroh und Hobelspäne und er überlegte, ob es nicht doch möglich sein könnte. Es waren nämlich auch noch Bretter da, ein ganzer Stapel, und Berge von Kohle lagerten in einem großen Schuppen! Wenn es ihm gelänge diesen Kohleschuppen, der an eins der Fabrikgebäude angebaut war, in Brand zu stecken, dann würde das Feuer schnell auf die anderen Gebäude übergreifen und alles würde verbrennen.
»Also, was ist?«, fragte der Bär. »Willst du oder willst du nicht?«
Natürlich wollte der Junge nicht, aber hätte er jetzt Nein gesagt, wäre er vielleicht auf der Stelle von den Pranken des Bären erdrückt worden. Er musste daher Zeit gewinnen und sagte: »Langsam, langsam, ich muss mir gut überlegen, wie ich es mache.«
»Nun gut«, brummte der Bär. »Und noch eins: Es ist dieses Eisen, was den Menschen eine solche Macht über

uns Bären verliehen hat – deshalb will ich diesem Spuk hier ein Ende bereiten!«

Zwar hatte der Junge jetzt andere Sorgen, doch die Worte des Bären gingen ihm durch den Kopf und ihm fiel ein, wie wertvoll das Eisen doch für die Menschen war. Der Pflug bestand daraus und die Axt, das Messer und das Zaumzeug des Pferdes. Ohne Eisen gäbe es keine stabilen Schlösser, keine Nägel und kein Gewehr und über Eisenschienen fuhren die Eisenbahnen. Nadeln, Scheren, Töpfe – alle wichtigen und nützlichen Gebrauchsgegenstände bestanden aus Eisen und waren aus dem Leben der Menschen nicht mehr wegzudenken. Der Bär hatte schon Recht, es war das Eisen, was den Menschen die Macht über die Bären gegeben hatte.

»Nun?«, fragte der Bär ungeduldig. »Willst du oder willst du nicht?«

Der Junge schreckte hoch. Nun hatte er die wertvolle Bedenkzeit mit völlig unnötigen Gedanken vertan.

»Ich brauche noch etwas Zeit«, sagte der Junge. »Eine solche Sache darf man nicht übers Knie brechen!«

»Ein Weilchen gebe ich dir noch Zeit«, sagte der Bärenvater. »Dann musst du dich aber endlich entscheiden!«

Aber der Junge war viel zu aufgeregt und verwirrt und konnte keinen klaren Gedanken fassen. Stattdessen fiel ihm ein, dass das Hüttenwerk ja auch vielen Menschen Arbeit und Lohn gab, und wieder dachte er daran, welch nützliche Sachen aus dem Eisen hergestellt wurden, ohne Eisen gäbe es keine Telegrafendrähte, keine –

»Also?« Die Stimme des Bären riss ihn aus seinen Gedanken. »Willst du nun oder nicht?«
Der Junge fuhr sich mit der Hand über die Stirn. Es war ihm kein rettender Gedanke gekommen, er wusste nur, dass er gegen das Eisen, das so nützlich war und so vielen Menschen Arbeit gab, nichts unternehmen würde.
»Ich will nicht!«, sagte er.
Wortlos drückte der Bär fester zu.
»Nie wirst du mich dazu bringen, die Eisenhütte zu zerstören!«, schrie der Junge. »Denn Eisen ist ein großer Segen!«
»Dann erwartest du auch nicht von mir, dass ich dich am Leben lasse?«, fragte der Bär.
»Nein, das erwarte ich nicht!«, sagte der Junge und sah dem Bären fest in die Augen.
Der Bärenvater presste die Tatzen immer fester um den schmalen Körper des Jungen. Es tat schrecklich weh und die Tränen traten ihm in die Augen, doch er ließ sich nichts anmerken und sagte kein Wort.
»Also dann!«, sagte der Bär und begann zu zählen.
»Eins, zwei und ...!«
In diesem Augenblick hörte der Junge ganz in der Nähe ein feines Klicken und dicht hinter dem Bären schimmerte matt ein Gewehrlauf durch die Zweige.
»Bärenvater!«, schrie der Junge. »Jemand hat gerade ein Gewehr gespannt! Hast du es nicht gehört? Lauf weg, sonst wirst du erschossen!«

Der Bär lief sofort los, hielt den Jungen aber fest und riss ihn mit sich fort. Schüsse peitschten durch die Nacht und die Kugeln pfiffen dem Bären um die Ohren, aber keine traf ihn.

Wie der Junge nun so im Maul des Bären hing, dachte er, dass er noch nie im Leben so dumm gewesen sei wie gerade. Hätte er nichts gesagt, wäre der Bär erschossen worden und er hätte davonlaufen können. Aber er hatte sich inzwischen so daran gewöhnt, allen Tieren zu helfen, dass er gar nicht anders mehr konnte.

Nachdem der Bär ein Stück in den Wald hineingelaufen war, blieb er stehen und setzte den Jungen auf den Boden.

»Ich danke dir, Kleiner«, sagte er. »Ohne dich wäre ich jetzt tot! Dafür will ich dir einen Gegendienst erweisen. Pass auf! Solltest du jemals wieder auf einen Bären treffen, dann sage ihm nur das, was ich dir nun ins Ohr flüstere, und er wird dich sofort in Ruhe lassen!«

Darauf flüsterte der Bär dem Jungen ganz leise etwas ins Ohr und trottete dann schnell von dannen, denn er glaubte Hunde und Jäger gewittert zu haben.

Der Junge blieb allein zurück, unversehrt und frei, und konnte es noch gar nicht fassen.

*

Die Wildgänse waren den ganzen Abend hin und her geflogen und hatten nach dem Jungen Ausschau gehalten. Auch als die Sonne schon untergegangen war, hatten sie die Suche nicht abgebrochen. Erst nach Einbruch der Dunkelheit, als sie nichts mehr sehen konnten, hatten sie sich sehr bedrückt zum Schlafen niedergelassen. Sie waren nun sicher, dass der Junge den Sturz nicht überlebt hatte und irgendwo tot im Gebüsch lag, wo sie ihn nicht sehen konnten.

Aber als am nächsten Morgen die Sonne aufgegangen war und die Gänse erwachten, lag der Junge, als sei nichts geschehen, wie gewöhnlich mitten unter ihnen und schlief. Die Wildgänse schnatterten und flatterten vor Freude und Staunen und weckten damit den Jungen.

Vergnügt erzählte er den Gänsen seine Abenteuer mit den Bären und ließ keine Einzelheit aus, aber dann stockte er und schien nicht weitererzählen zu wollen. »Wie ich zu euch zurückgekommen bin, das wisst ihr ja«, sagte er.

»Nein, nein, das wissen wir überhaupt nicht!«, riefen die Gänse. »Wir haben dich für tot gehalten!«

»Seltsam«, sagte der Junge. »Nachdem der Bärenvater mich verlassen hatte, bin ich auf einen Baum geklettert und eingeschlafen. Im Morgengrauen wurde ich plötzlich aus dem Schlaf gerissen! Ein Adler hatte mich in seine Klauen genommen und flog mit mir davon. Natürlich dachte ich sofort, es sei um mich geschehen, aber der Adler hat mir nichts getan, sondern brachte mich geradewegs hierher zu euch!«

»Hat er nicht gesagt, wer er ist?«, fragte der große Weiße.
»Ehe ich mich auch nur bedanken konnte, war er schon wieder weg. Ich habe schon gedacht, Akka hat ihn vielleicht geschickt, um mich zu holen.«
»Komisch«, sagte der Gänserich. »Und du bist ganz sicher, dass es ein Adler war?«
»Nun, ich habe zwar noch nie einen gesehen«, sagte der Junge. »Aber dieser Vogel war so groß, dass es nur ein Adler gewesen sein kann.«
Der Gänserich Martin fragte die Wildgänse, was sie davon hielten, aber die standen nur da und guckten in die Luft, als hätten sie ganz andere Sachen im Kopf.
»Unser Frühstück dürfen wir wegen dieser Geschichte aber nicht vergessen!«, rief Akka und breitete ihre Schwingen aus, um davonzufliegen.

# *Daunenfein*

*Freitag, 6. Mai*

Es dürfte wohl kein sanfteres und gütigeres Wesen gegeben haben als die kleine Graugans Daunenfein. Alle Wildgänse mochten sie sehr und der weiße Gänserich hätte für sie sein Leben geopfert. Wenn Daunenfein um etwas bat, konnte es ihr nicht einmal Akka abschlagen.

Als die Wildgänse an den Mälarsee kamen, erkannte Daunenfein die Landschaft wieder. Ganz in der Nähe musste das Meer mit den Schären sein und die kleine Insel, auf der ihre Eltern und Schwestern wohnten. Daunenfein bat die Wildgänse mit ihr zu den Eltern und Geschwistern zu fliegen, bevor sie weiter nach Norden reisten. Sicher würden alle sich freuen, dass sie noch am Leben war und dass es ihr so gut ging.

Die Wildgänse hatten sich bereits verspätet und wollten zügig weiter nach Norden, aber Daunenfein bat und bettelte so lange, bis die Wildgänse zustimmten.

So lenkten sie also ihren Flug nach Osten und überquer-

ten den Mälarsee. Der Junge wusste nicht genau, wohin die Reise ging, aber er merkte schnell, dass mehr Vögel in der Luft waren als zuvor. Er sah nach unten. Über dem Wasser lag ein feiner, nebliger Dunst, sonst war nichts zu sehen. Da tauchten plötzlich hohe Turmspitzen und Häuser auf und waren im nächsten Augenblick wieder verschwunden. Der Junge sah nirgendwo Land oder ein Ufer. Trotzdem tauchten immer wieder aus dem Nebel die Gebäude auf und waren kurz darauf wieder verschwunden.
Da stieß Daunenfein plötzlich einen Freudenschrei aus. »Die schwimmende Stadt!«, rief sie. »Bald sind wir in meiner Heimat!«
Wohin der Junge auch blickte, überall sah er Dächer und Türme, die aus dem Nebelmeer ragten. Manchmal teilten sich die Nebelmassen und gaben den Blick auf einen breiten Strom oder reißende Flüsse frei, aber nirgends war Land zu sehen. Alle Gebäude schienen tatsächlich zu schwimmen und es waren so viele, hohe, reich verzierte Gebäude, von denen er nur die Dächer und oberen Stockwerke sah, dass dem Jungen der Gedanke kam, die schwimmende Stadt müsse wohl die größte im ganzen Land sein!
Sobald sie die Stadt hinter sich gelassen hatten, war die Erde nicht mehr in Nebel gehüllt. Ufer, Seen und Inseln waren nun wieder deutlich zu unterscheiden.
Die Wildgänse flogen weiter nach Osten und statt der schmalen Mälarfjorde mit ihren kleinen Inseln lag unter

ihnen bald offenes Wasser und die Inseln waren größer. Als sie schon weit auf das Meer hinausgeflogen waren, ließen sich die Wildgänse schließlich auf einer kleinen Felseninsel nieder. Hier war die Heimat von Daunenfein.

*

Daunenfein hatte zwei Schwestern: Flügelschön und Goldauge. Es waren starke und kluge Vögel, doch ihr Gefieder war längst nicht so weich und glänzend wie das von Daunenfein, auch hatten sie kein so freundliches und liebenswürdiges Wesen wie ihre Schwester. Schon früher, als sie noch Küken waren, hatten alle Daunenfein niedlicher und schöner gefunden, selbst die Eltern, und die beiden Schwestern hatten Daunenfein dafür seit jeher gehasst.

Als die Wildgänse auf der kleinen Insel gelandet waren, weideten Flügelschön und Goldauge gerade in der Nähe und hatten die Ankömmlinge gleich gesehen.

»Sieh nur, Schwester Goldauge, was für stattliche Wildgänse auf unsere Insel gekommen sind!«, sagte Flügelschön. »Selten habe ich so majestätische Vögel gesehen. Und schau, es ist auch ein weißer Gänserich dabei! Hast du jemals so ein schönes Tier gesehen? Er sieht ja fast aus wie ein Schwan!«

Goldauge stimmte der Schwester zu und vermutete, dass da sehr vornehme Gäste auf ihre Insel gekommen waren. Aber plötzlich unterbrach sie sich und rief: »Schwester Flügelschön! Schwester Flügelschön! Siehst du, wer da mit ihnen gekommen ist?«

Im selben Augenblick hatte auch Flügelschön ihre Schwester Daunenfein erkannt und stand eine Weile fassungslos mit aufgesperrtem Schnabel da, bevor sie zischte: »Das ist doch nicht möglich! Das kann doch nicht sein! Wie kommt sie denn in diese Gesellschaft? Wieso lebt sie überhaupt noch? Wir haben sie schließlich auf Öland zurückgelassen, damit sie verhungert!«

»Jetzt wird sie den Eltern verraten, dass wir ihr seinerzeit den Flügel ausgerenkt haben«, sagte Goldauge, »und sie werden uns von der Insel jagen!«

»Ja, die Rückkehr dieser verwöhnten Gans wird uns eine Menge Scherereien eintragen«, sagte Flügelschön. »Aber wir sollten erst einmal so tun, als wären wir hoch erfreut über ihre Rückkehr. Das wird das Klügste sein. So dumm, wie sie ist, hat sie wahrscheinlich nicht einmal gemerkt, dass wir sie absichtlich so lange herumgestoßen haben, bis der Flügel ausgerenkt war!«

Während die beiden miteinander getuschelt hatten, hatten die Wildgänse unten am Strand ihre Federn zurechtgezupft und gingen nun in einer langen Reihe auf eine Felsspalte zu, in der Daunenfeins Eltern wohnten.

Daunenfeins Eltern waren überall als sehr gastfreundlich bekannt und allseits beliebt. Sie wohnten schon länger als alle anderen Vögel auf der Insel und gaben allen Neuankömmlingen nützliche und kluge Ratschlä-

ge. Zwar hatten sie auch gesehen, wie die Wildgänse angekommen waren, doch ihre Daunenfein hatten sie in der Schar nicht erkannt.
»Sieh nur«, sagte der Gänsevater. »Eine Schar prachtvoller Wildgänse hat sich auf unserer Insel niedergelassen, welch ein schöner Anblick! Aber es dürfte schwer werden für alle genügend Nahrung zu finden.«
»Die Insel ist noch nicht überfüllt«, entgegnete die Gänsemutter. »Wir können schon noch ein paar Gäste beherbergen.«
Da kamen Akka und die Wildgänse schon näher und die beiden gingen ihnen entgegen, um sie zu begrüßen. Plötzlich erhob sich Daunenfein aus der letzten Reihe der Schar, flog über die anderen hinweg und landete geradewegs vor den Füßen ihrer Eltern.
»Vater, Mutter! Da bin ich! Kennt ihr eure Tochter Daunenfein nicht mehr?«
Die beiden Alten wollten zuerst ihren Augen nicht trauen, erkannten ihr Kind dann aber sofort und waren über das unverhoffte Wiedersehen sehr glücklich.
Während nun die Wildgänse, der Gänserich Martin und Daunenfein eifrig durcheinander schnatterten und erzählten, wie Daunenfein gerettet worden war, kamen Flügelschön und Goldauge hinzugelaufen. Sie riefen schon von weitem die überschwänglichsten Willkommensgrüße und taten so erfreut über ihre Rückkehr, dass Daunenfein ganz gerührt war.
Den Wildgänsen gefiel es auf der kleinen Insel und sie

beschlossen, erst am nächsten Morgen weiterzureisen. Die beiden Schwestern fragten Daunenfein, ob sie Lust hätte mit ihnen zu kommen, um sich ihre Nistplätze anzuschauen. Daunenfein folgte ihnen, sah sich die verborgenen und geschützten Brutplätze an und lobte ihre Schwestern für deren umsichtige Wahl.

»Hast du vor dich auch hier niederzulassen und zu nisten?«, fragten die Schwestern.

»Nein«, erwiderte Daunenfein. »Ich habe nicht die Absicht auf der Insel zu bleiben. Ich fliege mit den Wildgänsen weiter nach Lappland.«

»Schade, dass du uns so schnell wieder verlassen willst«, sagten die Schwestern.

»Gern wäre ich bei euch und den Eltern geblieben«, entgegnete Daunenfein. »Aber ich möchte den großen weißen Gänserich nicht verlassen, wir wollen zusammenbleiben!«

»Was?«, rief Flügelschön. »Du bekommst den schönen Gänserich? Das ist doch –« Aber da stieß Goldauge sie unauffällig an und Flügelschön redete nicht weiter.

Die hinterhältigen Schwestern tuschelten den ganzen Vormittag miteinander. Sie zerfraßen sich fast vor Neid und waren richtig wütend darüber, dass ihre Schwester einen solchen Freier hatte. Zwar hatten sie selbst auch Freier, aber das waren ganz gewöhnliche Graugänse, und seit sie den Gänserich Martin gesehen hatten, fanden sie die ihren so unscheinbar und hässlich, dass sie von ihnen am liebsten nichts mehr wissen wollten.

»Ich könnte vor Ärger sterben!«, rief Goldauge. »Wenn wenigstens du ihn bekommen hättest, Flügelschön!«
»Ach, was! Der Kerl wäre besser tot! Dann müsste ich nicht den ganzen Sommer daran denken, dass meine Schwester Daunenfein ihn zum Mann hat!«, keifte Flügelschön.
Daunenfein gegenüber gaben die beiden Schwestern sich indes nach wie vor sehr freundlich und am Nachmittag nahm Goldauge Daunenfein mit sich, um ihr ihren Zukünftigen zu zeigen.
»Er ist zwar längst nicht so schön wie deiner«, sagte Goldauge. »Aber bei ihm kann ich sicher sein, dass er mir nichts vormacht!«
»Was soll das heißen, Goldauge?«, fragte Daunenfein.
Goldauge wollte zuerst nicht mit der Sprache herausrücken, aber schließlich erklärte sie, Flügelschön und sie seien der Meinung, dass mit dem weißen Gänserich etwas nicht stimmen könne.
»Irgendetwas geht da nicht mit rechten Dingen zu!« sagte Goldauge. »Noch nie ist ein weißer Gänserich mit Wildgänsen unterwegs gewesen und wir fragen uns, ob er am Ende nicht gar verzaubert ist!«
»Ach, ihr spinnt!«, sagte Daunenfein entrüstet. »Er ist einfach nur ein zahmer Gänserich, sonst nichts!«
»Aber er hat jemanden bei sich, der verzaubert ist!«, beharrte Goldauge. »Warum sollte er selbst dann nicht auch verzaubert sein? Hast du keine Angst, dass er in Wahrheit ein schwarzer Kormoran ist?«

Goldauge hatte sich das, was sie sagte, gut überlegt und es gelang ihr tatsächlich der armen Daunenfein Angst einzujagen.
»Das ist ja wohl nicht dein Ernst!«, rief die kleine Graugans. »Du willst mich nur erschrecken!«
»Ich will nur dein Bestes, Daunenfein«, sagte Goldauge. »Ich schaudere bei der Vorstellung dich mit einem schwarzen Kormoran davonfliegen zu sehen! Nun pass gut auf: Hier habe ich für dich einige Wurzeln gesammelt. Bring ihn dazu, davon zu essen! Wenn er verzaubert ist, wird es sich sofort herausstellen. Wenn nicht, dann bleibt er so, wie er ist.«

*

Der Junge saß mitten unter den Graugänsen und hörte zu, wie Akka und Daunenfeins Vater sich miteinander unterhielten, als plötzlich Daunenfein, ganz außer sich vor Aufregung, herbeistürzte.

»Däumling! Däumling!«, schluchzte sie. »Der Gänserich Martin stirbt! Es ist meine Schuld! Ich habe ihn getötet!«
»Nimm mich auf deinen Rücken, Daunenfein, und bring mich schnell zu ihm!«, rief der Junge.
Im Nu waren sie in der Luft und flogen davon. Akka und die anderen eilten ihnen nach. Als sie bei dem Gänserich ankamen, lag dieser lang ausgestreckt auf

dem Boden und rührte sich nicht. Er hechelte nur und schnappte nach Luft, war aber unfähig auch nur ein Wort zu reden.
»Kitzle ihn an der Gurgel und schlag ihm auf den Rücken!«, befahl Akka.
Der Junge tat das und sofort hustete der große Weiße mehrere lange Wurzeln aus, die ihm im Hals stecken geblieben waren.
»Du hast davon gegessen?«, fragte Akka und deutete auf die Wurzeln am Boden.
»Ja«, antwortete der Gänserich.
»Da kannst du von Glück sagen, dass sie dir im Hals stecken geblieben sind«, sagte Akka. »Die Wurzeln sind nämlich sehr giftig. Wenn du eine davon hinuntergeschluckt hättest, wärst du jetzt schon tot.«

»Daunenfein hat sie mir gebracht und gesagt, ich solle sie essen«, sagte Martin.
»Ich habe sie von meiner Schwester bekommen«, rief Daunenfein und erzählte von dem Gespräch mit Goldauge.
»Hüte dich vor deinen Schwestern, Daunenfein«, sagte Akka. »Sie sind dir nicht wohlgesinnt.«
Aber Daunenfein hatte so ein gutes Herz, dass sie niemandem etwas Böses zutrauen konnte, und als wenig später Flügelschön zu ihr kam und sagte, sie wolle ihr nun auch ihren Freier vorstellen, ging sie bedenkenlos mit.
»Er ist natürlich nicht so schön wie deiner«, sagte Flügelschön, »aber dafür ist er mutiger und verwegener.«
»Woher willst du das wissen?«, fragte Daunenfein.
»Das will ich dir gerne sagen«, begann Flügelschön. »Es herrscht hier seit einiger Zeit bei den Möwen und Enten große Angst und Ratlosigkeit, weil jeden Morgen ein gewaltiger Raubvogel kommt und eine von ihnen holt.«
»Was ist das für ein Vogel?«, fragte Daunenfein.
»Das wissen wir nicht«, antwortete die Schwester. »Auf der ganzen Insel ist noch nie ein solcher Vogel gesehen worden. Merkwürdigerweise greift er auch keine Gänse an und mein Freier ist nun fest entschlossen sich diesem Raubvogel morgen zum Kampf zu stellen und ihn zu vertreiben!«
»Wenn das nur gut geht!«, sagte Daunenfein.
»Ich fürchte das Schlimmste«, sagte Flügelschön

schnell. »Ja, wenn mein Freier natürlich so groß und stark wäre wie deiner, dann sähe die Sache schon hoffnungsvoller aus!«

»Soll ich Martin bitten mit dem großen Raubvogel zu kämpfen?«, fragte Daunenfein.

»Oh, Schwester, das wäre natürlich großartig«, sagte Flügelschön, »du könntest mir keinen größeren Gefallen tun!«

Am nächsten Morgen war der Gänserich Martin bereits vor Sonnenaufgang wach. Er marschierte auf die höchste Erhebung der Insel und spähte in alle Himmelsrichtungen. Kurz darauf entdeckte er einen großen, schwarzen Vogel, der von Westen auf die Insel zugeflogen kam. Die Spannweite seiner Schwingen war ungeheuer groß und der Gänserich wusste sofort, dass es sich nur um einen Adler handeln konnte. Er hatte mit einer Eule oder einem anderen kleineren Räuber gerechnet, aber doch nicht mit einem Adler! Nun wurde ihm klar, dass es hier um alles oder nichts gehen würde, aber er kam gar nicht auf den Gedanken dem Kampf aus dem Wege zu gehen und zu fliehen.

In diesem Augenblick schoss der Adler von hoch oben herab und schlug seine Klauen in eine Möwe. Doch noch ehe er mit seiner Beute davonfliegen konnte, war der Gänserich zur Stelle.

»Lass die Möwe los!«, schrie er. »Und dann verschwinde und lass dich nie mehr hier blicken, sonst kriegst du es mit mir zu tun!«

»Was bist du denn für ein Großmaul?«, sagte der Adler spöttisch. »Du kannst froh sein, dass ich nie eine Gans angreife, sonst wäre es jetzt schon um dich geschehen.« Er hält es wohl für unter seiner Würde mit mir zu kämpfen!, dachte der Gänserich Martin zornig. Wütend ging er auf den Adler los, biss ihm in den Hals und schlug mit den Flügeln nach ihm. Das konnte der Adler natürlich nicht einfach hinnehmen und er nahm den Kampf auf, allerdings ohne sich dabei sonderlich anzustrengen.

Der Junge schlief noch fest bei Akka und den anderen, als er Daunenfein plötzlich rufen hörte.

»Däumling! Däumling! Der Gänserich wird von einem Adler zerrissen!«

»Nimm mich auf deinen Rücken, Daunenfein, und bring mich schnell zu ihm!«, rief der Junge, der sofort hellwach war.

Als die beiden die Klippe erreicht hatten, war der Kampf noch in vollem Gange. Der Gänserich blutete schon aus mehreren Wunden, wehrte sich aber tapfer. Der Junge hätte allein gegen den Adler keine Chance gehabt und es blieb ihm nichts anderes übrig, als Verstärkung zu holen.

»Schnell, schnell, Daunenfein!«, befahl er rasch. »Hol Akka und die anderen!«

Doch kaum hatte der Junge den letzten Satz ausgesprochen, da brach der Adler den ungleichen Kampf ab. »Hat hier gerade einer etwas von Akka gesagt?«, fragte

er. Und als er den Däumling erblickte und von weitem das Geschnatter der Wildgänse vernahm, breitete er seine ungeheuren Schwingen aus und machte sich zum Abflug bereit.

»Richte Akka aus, ich hätte nicht damit gerechnet, sie oder jemanden aus ihrem Gefolge hier draußen auf dem Meer zu treffen!«, rief er und flog majestätisch und stolz davon.

»Das war doch der Adler, der mich damals aus dem Wald beim Hüttenwerk zu den Wildgänsen zurückge-

bracht hat«, sagte der Junge entgeistert und schaute ihm verwundert nach.
Am anderen Morgen waren die Wildgänse schnell zum Weiterflug gerüstet und gerade dabei, noch ein wenig zu frühstücken, als eine Felsenente auf Daunenfein zuflog. »Ich soll dich von deinen Schwestern grüßen«, sagte sie. »Sie trauen sich den Wildgänsen nicht mehr unter die Augen. Aber ich soll dir ausrichten, du sollst die Insel nicht verlassen, bevor du dem alten Fischer noch einen Besuch abgestattet hast!«
»Das will ich noch tun!«, sagte Daunenfein. Da sie inzwischen etwas vorsichtiger geworden war, wollte sie nicht allein zur Hütte des Fischers gehen und bat den Gänserich und den Däumling mitzukommen.
Die Tür stand offen. Daunenfein trat ein und die beiden warteten draußen, als Akkas Zeichen zum Aufbruch ertönte. So wurde der Besuch beim alten Fischer ein ganz kurzer, denn schon kam die Graugans wieder aus der Hütte und flog mit den anderen Wildgänsen von der Insel fort.
Sie waren schon eine gute Strecke in Richtung Festland geflogen, als der Junge sich über die Graugans, die sie begleitete, arg zu wundern begann. Daunenfein war immer leicht und elegant geflogen, diese hier ruderte mit schwerem, plumpem Flügelschlag durch die Luft.
»Akka, kehr um! Akka, kehr um!«, rief der Junge aufgeregt. »Es ist ein fremder Vogel in der Schar! Statt Daunenfein fliegt Flügelschön mit uns!«

Kaum hatte er das gerufen, als die Graugans einen so hässlichen Wutschrei von sich gab, dass jeder sogleich wusste, dass dies unmöglich Daunenfein sein konnte. Akka und die anderen wandten sich gegen sie, doch die Graugans flüchtete nicht sofort. Sie stürzte sich vielmehr unvermittelt auf den großen Weißen, packte den Däumling und flog mit ihm im Schnabel davon.
Die Wildgänse nahmen sofort die Verfolgung auf und es begann eine wilde Jagd. Flügelschön war sehr schnell, aber die Wildgänse blieben dicht hinter ihr und kamen immer näher.
Plötzlich stieg eine dünne, weiße Rauchfahne vom Meer her auf und zugleich war der Knall eines Schusses zu hören. In ihrem Eifer hatten die Vögel nicht bemerkt, dass sie über ein Boot geraten waren, in dem ein Jäger saß, dessen Schuss zwar niemanden getroffen hatte, der für Däumling aber folgenreich war; denn genau über dem Boot sperrte Flügelschön ihren Schnabel auf und ließ den Däumling ins Meer fallen.

# *Der Adler Gorgo*

Weit oben in den Bergen Lapplands lag hoch auf einem Felsvorsprung ein alter Adlerhorst. Die Felswand, in der sich das große Nest befand, bildete die eine Seite eines tiefen und weiten Tals, das im Sommer immer von einer Schar Wildgänse bewohnt war. Dieses Tal war nämlich ein vorzüglicher Zufluchtsort für die Gänse, weil es so versteckt in den Bergen lag, dass es gänzlich unbekannt war, selbst bei den Lappen. Mitten im Tal lag ein kleiner runder See, dessen Ufer mit niedrigen Birken dicht bewachsen war. Hier fanden die Wildgänse genügend Nahrung und sichere Brutplätze.

Zu allen Zeiten hatten oben auf dem Felsen Adler und unten im Tal Wildgänse gewohnt. Und jedes Jahr raubten die Adler einige der Gänse, aber nie so viele, dass die Wildgänse sich je entschlossen hätten nicht mehr in das Tal zu kommen. Überdies profitierten die Gänse ihrerseits von den Adlern, die andere unliebsame Räuber fern hielten.

Ein paar Jahre bevor Nils Holgersson seine Reise mit den Wildgänsen machte, stand Akka von Kebnekajse,

die alte Leitgans, eines Morgens wieder einmal unten im Tal und schaute hinauf zu dem Adlerhorst. Die Adler pflegten kurz nach Sonnenaufgang auszufliegen und Akka stand in jedem Sommer, den die Wildgänse im Tal verbrachten, allmorgendlich an diesem Platz, um zu beobachten, ob die Adler im Tal blieben, um hier zu jagen, oder ob sie das Tal verließen und hinter den Bergen in der Ebene ihre Raubzüge unternahmen.
Sie brauchte nicht lange zu warten, bis die beiden stattlichen Vögel ihr Nest auf dem Felsen verließen. Es war dies jedes Mal ein schöner, zugleich aber auch Furcht einflößender Anblick. An diesem Morgen verließen sie das Tal und flogen in Richtung auf das Flachland davon. Akka stieß einen Seufzer der Erleichterung aus.

Die Leitgans war längst zu alt, um noch Eier zu legen und Junge aufzuziehen, sodass sie sich im Sommer um die Nester der anderen kümmerte und den brütenden Wildgänsen mit Rat und Tat zur Seite stand. Dabei hielt sie ständig Ausschau nach den Adlern und anderen Räubern, zum Beispiel den Bergfüchsen und Eulen, die den jungen Gänsen hätten gefährlich werden können.

Gegen Mittag wartete Akka auf die Rückkehr der Adler. Sie konnte immer schon an ihrer Flugweise erkennen, ob sie reiche Beute gemacht hatten oder von einer weniger erfolgreichen Jagd zurückkehrten. Je nachdem konnten die Gänse dann den Rest des Tages mehr oder weniger unbesorgt verbringen. Aber heute wartete Akka vergeblich. Die Adler kehrten nicht zurück.

Ich werde alt, dachte Akka. Bestimmt sind sie längst wieder im Nest und ich habe ihre Ankunft verschlafen.

Am Nachmittag schaute sie wieder lange die Felsenwand hoch. Von unten war immer gut zu erkennen, ob die Adler auf der Felsplatte saßen und sich sonnten. Es war aber nichts zu sehen.

Am Abend spähte sie abermals nach oben, doch von den Adlern war wieder nichts zu sehen. Akka konnte sich das Ausbleiben der Adler nicht erklären. All die Jahre war auf ihre Gewohnheiten Verlass gewesen, sie konnte sich gar nicht vorstellen, dass die Adler nicht längst wieder im Horst saßen, und jammerte erneut darüber, dass das Alter ihr solche Streiche spiele.

Am nächsten Morgen stand Akka schon lange vor Sonnenaufgang auf ihrem Platz und wartete auf das Ausfliegen der Adler. Die Sonne ging auf, es wurde hell und heller, doch von den Adlern war nichts zu sehen. Da hörte sie in der Stille des frühen Morgens plötzlich einen Schrei, der wütend und jämmerlich zugleich klang und aus dem Adlernest zu kommen schien.

Sollte da oben am Ende ein Unglück geschehen sein?, fragte sie sich. Sie breitete die Flügel aus und erhob sich rasch in die Luft, um sich das Adlernest aus der Nähe anzusehen.

Sie flog so hoch, bis sie von oben in den Horst hineinschauen konnte. Das Adlerpärchen war nicht da, im Nest lag lediglich ein halb nacktes Junges, das nach Nahrung schrie.

Langsam und sehr vorsichtig kreiste Akka über dem Nest. Es war ein unheimlicher Ort, dem man sofort ansah, welche Räuber hier wohnten! Im Nest und in seiner näheren Umgebung lagen Knochenreste, blutige Federn und Fellfetzen, Hasenköpfe, Vogelschnäbel und die federbedeckten Füße von Schneehühnern – und mittendrin lag das Adlerjunge, das mit seinem großen aufgerissenen Schnabel, seinem plumpen, gefiederten Körper und den unfertigen Schwingen einen widerwärtigen Anblick bot.

Schließlich überwand Akka ihren Widerwillen und ließ sich auf dem Nestrand nieder, wobei sie ängstlich nach allen Seiten Ausschau hielt, immer darauf gefasst, dass die beiden Adler jeden Augenblick zurückkommen könnten.

»Endlich kommt jemand!«, rief das Adlerjunge. »Bring mir sofort etwas zu essen!«

»Na, na, langsam, Freundchen«, sagte Akka. »Jetzt sag mir erst einmal, wo deine Eltern sind.«

»Ja, wenn ich das wüsste! Sie sind gestern Morgen fortgeflogen und haben mir nur eine kleine Maus dagelassen, aber wie soll man davon satt werden? Außerdem habe ich sie längst verputzt! Es ist ein Jammer, dass es Eltern gibt, die ihre Kinder einen solchen Hunger leiden lassen!«

Da war Akka überzeugt, dass die alten Adler erschossen worden waren, und sie überlegte, dass sie die ganze Räuberbande ein für alle Mal los wäre, wenn sie das Adlerjunge einfach hier verhungern ließe. Es ging ihr indes ganz und gar gegen die Natur, ein hilfloses Junges einfach im Stich zu lassen, zumal sie ja in der Lage war ihm zu helfen.

»Was glotzt du so?«, keifte das Junge. »Du hast doch gehört, dass ich was zu essen will!«

Akka breitete die Flügel aus und segelte auf den See hinab. Kurze Zeit später war sie schon wieder mit einer Forelle im Schnabel hoch oben im Adlerhorst.

Als der kleine Adler den Fisch sah, wurde er wütend. »So etwas soll ich essen?«, schrie er, stieß den Fisch weg und hackte mit dem Schnabel nach Akka. »Bring mir gefälligst ein Huhn oder eine ordentliche Maus, verstanden?«

Aber nun reckte Akka den Kopf vor und zwickte den Kleinen kräftig in den Hals.
»Eines lass dir gesagt sein«, rief sie. »Wenn ich dir schon Futter bringen soll, dann musst du dich mit dem zufrieden geben, was ich kriegen kann! Dein Vater und deine Mutter sind tot, von ihnen kannst du also keine Hilfe mehr erwarten. Aber wenn du lieber verhungern willst, so kann ich dich freilich nicht daran hindern!«
Nachdem Akka dies gesagt hatte, flog sie davon, ohne eine Antwort abgewartet zu haben, und kehrte erst nach einiger Zeit wieder zurück. Das Adlerjunge hatte den Fisch inzwischen vertilgt, und als Akka ihm einen neuen hinlegte, verschlang es diesen auf der Stelle, obwohl ihm anzusehen war, dass es dies nur sehr widerwillig tat.

*

Akka hatte sich auf eine schwere Aufgabe eingelassen. Die alten Adler würden niemals zurückkehren und sie musste das Adlerjunge ganz allein aufziehen und ernähren. Sie tat dies nach besten Kräften und brachte ihm allerlei Fische, Frösche und Kröten und der Kleine entwickelte sich prächtig und wurde allmählich groß und stark. Seine Eltern hatte er bald ganz vergessen und lebte nun in dem Glauben, dass Akka seine richtige Mutter sei.
Und Akka ihrerseits liebte den Adler wie ein eigenes

Kind. Sie erzog ihn sorgfältig und gab sich alle Mühe ihm seine wilde und hochmütige Art abzugewöhnen.
Es waren schon einige Wochen vergangen und Akka merkte, dass die Zeit ihres Federwechsels nahte. Sie würde bald die alten Federn verlieren und einen ganzen Monat, bis die neuen nachgewachsen waren, nicht fliegen können. In dieser Zeit würde sie auch das Adlerjunge nicht mit Nahrung versorgen können und ihr Pflegekind müsste verhungern, wenn es oben auf dem Felsen bliebe.
»Pass auf, Gorgo«, sagte sie daher eines Tages zu dem jungen Adler. »Ich kann dir jetzt keine Fische mehr bringen, du musst schon selbst herunter ins Tal kom-

men, damit ich dich weiter mit Nahrung versorgen kann. Entscheide dich also, ob du hier oben verhungern oder den Sturz ins Tal wagen willst, der allerdings auch tödlich sein kann!«

Ohne sich auch nur einen Augenblick zu besinnen, kletterte das Adlerjunge auf den Nestrand, vermaß mit den scharfen Augen kurz die Strecke bis zur Talsohle, breitete die kleinen Schwingen aus und flog los. Ein paar Mal überschlug es sich in der Luft, trudelte gefährlich, setzte aber immer wieder geschickt seine Flügel ein und kam einigermaßen unversehrt unten an.

So verbrachte Gorgo nun den ganzen Sommer zusammen mit den kleinen Gänseküken und wurde ihnen schnell ein guter Kamerad. Er hielt sich selbst für einen jungen Gänserich und strengte sich an alles genauso zu tun wie die Gänse. Schwammen sie auf den See hinaus, lief er hinter ihnen her, bis er fast ertrank. Dann kam er weinend zu Akka und klagte ihr sein Leid. Dass er überhaupt nicht schwimmen lernte, machte ihm sehr zu schaffen.

»Warum können die anderen schwimmen und ich nicht?«, jammerte er.

»Deine Zehen sind krumm gewachsen, während du dort droben auf dem Fels gelebt hast, und überhaupt hast du zum Schwimmen zu große Klauen«, tröstete ihn Akka. »Aber mach dir nichts draus, es wird schon noch ein richtiger Vogel aus dir!«

Bald waren Gorgos Schwingen so gewachsen, dass sie

ihn trugen. Aber es dauerte noch bis in den Herbst hinein, als die jungen Gänse das Fliegen übten, bis er den Gebrauch seiner Flügel lernte. Und nun brach eine herrliche Zeit für ihn an; denn in der Kunst des Fliegens übertraf er bald alle anderen. Blieben seine Freunde nie länger als unbedingt nötig in der Luft, so konnte er gar nicht genug vom Fliegen kriegen und war fast den ganzen Tag in der Luft. Noch immer glaubte er ein Gänserich zu sein, wenngleich er hier und da erstaunt einige Beobachtungen machte, über die er jedes Mal mit Akka reden musste.

»Sag, Akka, warum laufen die Schneehühner und Mäuse vor mir weg, sobald sie auch nur meinen Schatten sehen?«, fragte er. »Vor den anderen haben sie keine Angst!«

»Nun, deine Flügel sind zu sehr gewachsen, während du da oben auf dem Fels gelegen hast. Vor solchen Schwingen fürchten sich nun mal die kleinen Tiere«, sagte Akka. »Aber mach dir nichts draus, es wird schon noch ein richtiger Vogel aus dir!«

Als Gorgo erst einmal fliegen gelernt hatte, lernte er auch bald ganz von selbst, Fische und Frösche zu fangen, geriet aber auch darüber bald ins Grübeln.

»Wieso lebe ich von Fischen und Fröschen, Akka?«, fragte er. »Meine Brüder und Schwestern essen etwas anderes!«

»Nun, ganz einfach, während du droben auf dem Felsen warst, hatte ich keine andere Nahrung für dich«, sagte

Akka. »Also mach dir nichts draus, es wird schon noch ein richtiger Vogel aus dir!«

Als die Wildgänse im Herbst ihre Reise in den Süden antraten, flog Gorgo selbstverständlich mit, glaubte er doch einer von ihnen zu sein. Nun waren zu dieser Zeit sehr viele Vögel unterwegs, und immer wenn ihnen welche begegneten, gerieten diese in hellste Aufregung, wenn sie Gorgo in der Schar erblickten.

Die Schar der Wildgänse war bald von einem Schwarm neugieriger Vögel umringt, die sich erstaunt danach erkundigten, wieso bei ihnen ein Adler mitfliege.

»Warum nennen sie mich einen Adler?«, fragte Gorgo unaufhörlich und wurde immer böser. »Sehen sie denn nicht, dass ich eine Wildgans bin? Ich bin doch kein Vogelräuber, der seinesgleichen frisst! Was fällt ihnen ein, mir einen so hässlichen Namen zu geben?«

Eines Tages flogen die Wildgänse über einen Bauernhof hinweg. Unten saßen die Hühner auf dem Misthaufen und scharrten. Plötzlich fingen alle Hühner aufgeregt an zu gackern. »Ein Adler! Ein Adler!«, riefen sie und rannten eiligst davon, um sich in Sicherheit zu bringen. Da aber konnte Gorgo, dem man immer erzählt hatte, was für ein schlimmer Räuber der Adler sei, sich nicht länger beherrschen. Er schlug mit den mächtigen Schwingen, schoss hinunter auf den Hof und griff sich wütend eines der Hühner. »Was redet ihr da! Ich will euch zeigen, dass ich kein Adler bin!«, zischte er und hackte auf das Huhn ein.

Da hörte er, wie Akka ihn rief. Er gehorchte sofort und flog wieder nach oben, wo die alte Wildgans heftig mit ihm schimpfte. »Was fällt dir ein?«, rief sie. »Wolltest du das arme Huhn etwa umbringen? Schäm dich!«

Als aber der Adler die Schelte der Wildgans widerspruchslos und kleinlaut über sich ergehen ließ, erhob sich ringsum unter den Vögeln ein wahrer Sturm des Spottes. Das hörte Gorgo natürlich und wandte sich mit zornigem Blick an Akka, als wolle er gleich über sie herfallen. Doch er besann sich sogleich wieder und schoss hoch hinauf in den Himmel, so hoch, dass ihn bald keine Stimme und kein Laut mehr erreichen konnte, und bald war er den Blicken der Wildgänse entschwunden.

Drei Tage blieb er verschwunden, dann war er plötzlich wieder unter den Wildgänsen.

»Jetzt weiß ich, wer ich bin«, sagte er zu Akka. »Ich bin ein Adler und muss daher auch wie ein Adler leben. Lass uns trotzdem gute Freunde bleiben, Akka. Dich und die deinigen werde ich niemals angreifen!«

Doch Akka hatte sich die ganze Zeit über so bemüht aus einem Adler einen sanften Vogel zu machen, dass sie sehr gekränkt war, dass ihre Erziehung offensichtlich nichts genützt hatte und Gorgo nun doch wie ein Adler leben wollte.

»Glaub nur nicht, dass ich mit einem Vogelräuber befreundet sein will!«, sagte sie. »Lebe so, wie du es von mir gelernt hast, dann darfst du in meiner Schar bleiben.«

Beide waren stolz und eigenwillig und keiner wollte nachgeben. Schließlich verbot Akka dem Adler sich in ihrer Nähe auch nur blicken zu lassen und sie war so wütend auf ihn, dass in ihrer Nähe niemand auch nur seinen Namen aussprechen durfte.
Von nun an streifte Gorgo einsam und allein durch das Land, gefürchtet und gemieden von allen, wie das mit gefährlichen Räubern nun einmal so ist. Häufig war er sehr betrübt und sehnte sich zurück nach den Zeiten, als er noch glaubte eine Wildgans zu sein und unbefangen mit den fröhlichen Gänseküken spielen durfte.
Immerhin – unter den Tieren war er wegen seines Mutes und seiner Furchtlosigkeit inzwischen berühmt. Es hieß, er fürchte sich vor nichts, außer vor Akka, seiner Pflegemutter, und man erzählte sich, dass er sich noch nie an einer Wildgans vergriffen habe.

*

Als Gorgo gerade drei Jahre alt war, wurde er eines Tages von einem Jäger gefangen und nach Skansen verkauft. Dort steckte man ihn in einen großen Käfig aus eisernen Gitterstäben, der zusätzlich noch mit Stacheldraht gesichert war. Es waren bereits zwei andere Adler darin, die den ganzen Tag unbeweglich auf ein und derselben Stelle hockten.
Obwohl der Käfig im Freien stand und man richtige Bäume hineingepflanzt und alles getan hatte, damit die

Vögel sich wohl fühlen konnten, schien ihnen die Gefangenschaft nicht gut zu bekommen. Ihr Gefieder war stumpf und sie starrten mit sehnsüchtigem Blick hoffnungslos vor sich hin.

In der ersten Woche seiner Gefangenschaft war Gorgo noch aufmerksam und lebhaft, doch allmählich wurde er immer deprimierter und schläfriger, bis er eines Tages wie die beiden anderen Adler nur noch reglos auf einem Ast saß, stumm vor sich hin starrte und kaum noch merkte, wie die Tage vergingen.

Eines Morgens, Gorgo dämmerte wie gewöhnlich teilnahmslos vor sich hin, vernahm er vom Boden her tief unter sich eine Stimme, die seinen Namen rief.

»Wer ruft da nach mir?«, fragte er.

»Aber Gorgo, erkennst du mich denn nicht? Ich bin der Däumling, der mit den Wildgänsen unterwegs war!«

»Haben sie Akka auch gefangen?«, fragte Gorgo in einem Ton, als erwache er langsam aus tiefem Schlaf und beschäftigt noch damit, seine Gedanken zu ordnen.

»Nein, Akka und der weiße Gänserich und die ganze Schar werden wohl mittlerweile schon in Lappland angekommen sein«, sagte der Junge. »Nur ich bin hier gefangen.«

Während der Junge sprach, sah er, dass Gorgo seinen Blick von ihm abgewandt hatte und wieder in die Luft starrte wie zuvor.

»Königsadler!«, rief der Junge. »Ich habe nicht vergessen, dass du mich einmal zu den Wildgänsen zurückge-

tragen und das Leben des weißen Gänserichs verschont hast! Sag mir, wie ich dir helfen kann!«
Gorgo aber reagierte kaum. »Störe mich nicht, Däumling«, sagte er. »Ich träume gerade, wie ich hoch oben am Himmel daherfliege, und möchte nicht aufwachen.«
»Du musst dich bewegen und Interesse für deine Umgebung zeigen«, mahnte der Junge. »Sonst siehst du bald genauso trostlos aus wie die anderen Adler!«
»Ich wünschte, ich wäre schon wie sie«, sagte Gorgo. »Sie leben nur noch in ihren Träumen und nichts kann sie mehr stören.«
Als es Nacht geworden war und alle Adler schliefen, war plötzlich ein leises Kratzgeräusch zu hören, das von dem Stacheldrahtnetz herkam, das den Käfig überspannte. Die beiden alten und abgestumpften Adler ließen sich von diesem Geräusch nicht stören, aber Gorgo wachte davon auf. »Wer ist da?«, rief er. »Wer bewegt sich da oben auf dem Dach?«
»Ich bin es, Gorgo, der Däumling!«, antwortete der Junge. »Ich feile den Stacheldraht durch, damit du fliehen kannst!«
Der Adler hob den Kopf und sah in der mondhellen Nacht, wie der Junge oben auf dem Käfig saß und an den Drähten feilte. Für einen kurzen Augenblick keimte in Gorgo Hoffnung auf, doch sofort überkam ihn wieder die alte Mutlosigkeit. »Ach, Däumling, du weißt doch, dass ich ein sehr großer Vogel bin«, sagte er. »Du kannst unmöglich so viele Drähte durchfeilen, dass ich

hinauskomme. Gib es lieber gleich auf und lass mich in Frieden.«

»Schlaf du nur und kümmere dich nicht um mich«, entgegnete der Junge. »Heute Nacht werde ich natürlich nicht fertig und morgen wahrscheinlich auch noch nicht, aber lass mich nur machen, ich will es immerhin versuchen! Wenn ich dich nicht hier heraushole, gehst du bald elend zu Grunde.«

Gorgo war schon wieder eingeschlafen, aber als er am nächsten Morgen erwachte, sah er sofort, dass schon etliche Drähte durchgefeilt waren. An diesem Tag fühlte er sich längst nicht so schläfrig wie an den Tagen zuvor. Er schlug mit den Flügeln und hüpfte auf den Ästen herum, um sich wieder ein wenig in Form zu bringen.

Eines frühen Morgens weckte der Däumling den Adler. Es war noch dunkel, denn die Sonne war noch nicht aufgegangen. »Gorgo«, flüsterte der Junge. »Versuch es jetzt!«

Der Adler schaute auf. Der Junge hatte tatsächlich so viele Drähte durchgefeilt, dass nun oben in dem Stacheldrahtnetz ein großes Loch klaffte. Gorgo bewegte die Flügel und versuchte hinaufzufliegen, fiel jedoch einige Male wieder in den Käfig zurück, bevor er schließlich glücklich ins Freie gelangte.

Stolz erhob er sich in die klare Luft der Morgendämmerung und gewann mit kräftigem Flügelschlag schnell an Höhe. Der kleine Däumling sah ihm sehnsüchtig nach

und wünschte, jemand käme und würde auch ihm die Freiheit geben.
Seit der Jäger ihn damals aus dem Meer geholt und hierher gebracht hatte, waren einige Wochen vergangen und er dachte wehmütig an den weißen Gänserich und die Wildgänse, die nun wohl schon in Lappland waren. Es war schon fast Sommer und angenehm warm. Die Wiesen waren grün und die Obstbäume von Blüten in allen Farben übersät.
Der Jäger hatte den Jungen nicht nur gerettet, er hatte ihn auch mit in sein großes Freigehege genommen, in dem auch der Adlerkäfig stand, und sich immer gut um ihn gekümmert, sodass sich der Junge auf Skansen gar nicht wie ein Gefangener fühlte. Es lag dies auch daran, dass er nahezu alle Freiheiten genoss, da er versprochen hatte nicht wegzulaufen und so lange zu bleiben, bis der Jäger ihm eines Tages von sich aus die Freiheit schenken würde.
Doch nun überkam ihn auf einmal ein unbändiges Verlangen nach dieser Freiheit und nach seinen Reisegefährten.
In Lappland ist es jetzt bestimmt auch schon warm und alles grünt und blüht, dachte der Junge. Wie schön wäre es, wenn ich auf dem Rücken von Martin über diese wunderbare Landschaft reiten könnte!
Diese Gedanken beschäftigten den Jungen, als Gorgo plötzlich aus der Luft heruntergeschossen kam und sich neben dem Däumling auf das Käfigdach setzte. »Ich

habe nur ausprobiert, ob mich meine Flügel noch tragen«, sagte er. »Hast du etwa geglaubt, ich würde dich hier allein zurücklassen? Los, schwing dich auf meinen Rücken, ich werde dich zu den Wildgänsen zurückbringen!«

»Nein, das ist unmöglich«, sagte der Junge. »Ich habe versprochen hier zu bleiben, bis man mich freilässt.«

»Was redest du da für ein dummes Zeug?«, entgegnete Gorgo. »Zuerst hat man dich gegen deinen Willen hierher gebracht, dann hat man dich gezwungen, dass du versprichst zu bleiben! Du wirst doch wohl begreifen, dass man so ein Versprechen nicht halten muss!«

»Doch, Versprechen muss man immer halten«, sagte der Junge. »Du meinst es gut, Gorgo, ich danke dir, aber du kannst mir nicht helfen.«

»So, kann ich das nicht?«, erwiderte Gorgo. »Dann pass mal auf!« Und im selben Augenblick packte er den Jungen mit seinen großen Klauen, erhob sich mit ihm in die Lüfte und verschwand in Richtung Norden.

# *Ein Morgen in Angermanland*

*Samstag, 18. Juni*

Die Sonne war längst aufgegangen und der Adler war schon ein gutes Stück über Angermanland hinweggeflogen, als er sagte, dass er sehr hungrig sei und sich dringend nach Nahrung umsehen müsse. Also setzte er Nils Holgersson auf einer mächtigen Tanne ab, die auf einer Anhöhe stand, und flog davon.

Der Junge machte es sich in einer Astgabel bequem und schaute über Angermanland. Es war ein wunderschöner Morgen, die Sonne vergoldete die Baumwipfel, der Wald duftete herrlich und angesichts dieser großartigen Landschaft, die sich vor ihm ausbreitete, fühlte er sich glücklich und zufrieden wie selten zuvor.

Im Westen sah er lauter Berggipfel, die in der Ferne immer höher und wilder wurden. Im Osten war das Land hügelig und wurde zum Meer hin immer flacher. Überall blinkten Flüsse und Bäche, die sich ihren beschwerlichen Weg durch die Berge und Felsen suchten, ehe sie sich zur Küste hin hell und glänzend ausbreiteten. Der Junge konnte sogar den Bottnischen Meerbusen sehen, der in Landnähe von Inseln übersät war und im hellen Sonnenlicht dunkelblau glänzte.

Nachdem sich der Junge an der Landschaft satt gesehen hatte, nahm er seinen Rucksack vom Rücken, holte ein Stück duftendes Weißbrot heraus und begann zu essen.

Ich glaube, noch nie in meinem Leben habe ich so gutes Brot gegessen, dachte er. Und wie viel ich noch davon habe! Das reicht bestimmt für einige Tage. Gestern um diese Zeit hätte ich es nicht für möglich gehalten, dass ich heute im Besitz eines solchen Schatzes sein würde! Und er dachte vergnügt daran, auf welche Weise er an das Brot gekommen war.

Schon zwei Tage waren sie unterwegs in Richtung Norden gewesen, ohne dass der Junge auch nur einen Bissen zu essen gehabt hätte.

»Ich bin völlig ausgehungert, Gorgo!«, rief er. »Weißt du, wann ich zuletzt etwas gegessen habe?«

Gorgo wollte auf jeden Fall verhindern, dass es später hieße, dem Jungen sei es bei ihm schlechter gegangen als bei den Wildgänsen. Er flog daher sogleich langsamer.

»Warum sagst du das erst jetzt?«, fragte er. »Du kannst so viel zu essen haben, wie du willst. Wer mit einem Adler unterwegs ist, braucht nicht zu hungern!«

Nach einer Weile flogen sie über einen großen Bauernhof, auf dem die Hausfrau heute anscheinend Backtag hatte. Draußen im Hof standen jedenfalls lauter kleine,

frisch gebackene Weißbrote zum Abkühlen, und die Bäuerin stand daneben und passte auf, dass die Katze oder der Hund nicht daran gingen.
Der Adler flog tiefer und hätte sich wohl auch auf dem Hof niedergelassen, wenn nicht die Bäuerin dort gestanden hätte, vor der er offensichtlich Respekt hatte. So kreiste er ein paar Mal unschlüssig über den Hof und lauerte auf eine Gelegenheit, um an das Brot zu kommen.
Die Bäuerin hatte den Adler schon bemerkt und sah ihm nach.
»Wie seltsam er sich benimmt!«, sagte sie. »Es sieht aus, als wolle er eines von den Broten!«
Die Frau war groß und blond und sehr schön. Sie hatte ein offenes, freundliches Gesicht und hatte herzlich zu lachen begonnen. Dann nahm sie eines der kleinen Brote vom Blech und hielt es hoch über ihren Kopf dem Adler entgegen.
»Hol es dir, wenn du willst!«, rief sie.
Obwohl der Adler nicht verstand, was sie rief, war ihm sofort klar, dass sie ihm das Brot anbot. Blitzschnell schoss er hinunter, ergriff es und flog schon wieder nach oben.
Als der Junge den Adler das Brot ergreifen sah, waren ihm Tränen in die Augen gestiegen, so sehr hatte es ihn gerührt, dass die schöne Bäuerin einem wildfremden Adler eines ihrer Brote geschenkt hatte.
Und während Nils Holgersson nun hoch oben im Tan-

nenwipfel saß und genüsslich sein Brot kaute, dachte er wieder an die große, blondhaarige Frau.
Wenn ich einmal wieder ein Mensch bin, dachte er, dann werde ich die schöne Frau am großen Fluss besuchen und mich dafür bedanken, dass sie so gut zu uns war.

# *In Lappland*

*Sonntag, 19. Juni*

Der Junge hob den Kopf und war plötzlich hellwach. Das war wirklich sonderbar! Er hatte an einem Ort geschlafen, an dem er noch nie zuvor gewesen war. Er befand sich in einem Tal mit einem runden See in der Mitte und lag unter kleinen, krummen Birken am Ufer dieses Sees.

Wo war der Adler? Er konnte ihn nirgends entdecken. Hatte Gorgo ihn verlassen? Es war wirklich alles sehr abenteuerlich!

Der Junge legte sich wieder hin und schloss die Augen. Er versuchte sich daran zu erinnern, was vor dem Einschlafen geschehen war. Sie waren über Västerbotten geflogen und Gorgo hatte gerufen: »Jetzt fliegen wir nach Lappland hinein!« Der Junge hatte sich vorgebeugt und gespannt nach unten gesehen, war von der Landschaft aber recht enttäuscht, denn er sah nichts als Wälder und Moore. Der Anblick der eintönigen Landschaft hatte ihn so müde gemacht, dass er fast den Halt verloren hätte und hinuntergefallen wäre.

»Ich kann mich nicht mehr halten«, hatte er zu Gorgo gesagt. »Ich muss dringend ausruhen und eine Weile schlafen!«

Sofort hatte sich der Adler zur Erde gesenkt und den Jungen ins weiche Moos plumpsen lassen, wo er sofort eingeschlafen war.

»Schlaf du nur, Däumling!«, hatte er geflüstert und den Jungen sogleich sanft und sicher in die Klauen genommen. »Mich hält die Sonne wach und ich will die Reise fortsetzen.« Dann hatte er sich mit ihm wieder in die Lüfte erhoben und war weiter nach Norden geflogen. Und obgleich der Junge sehr unbequem in den Klauen des Adlers gehangen haben musste, hatte er während des ganzen Fluges fest geschlafen und war erst eben in diesem eigenartigen Tal erwacht. Er stand auf und schaute sich um.

Da fiel sein Blick auf ein sonderbares Flechtbauwerk aus Tannenzweigen, das hoch oben auf einem Felsen errichtet worden war.

»Das ist doch so ein Adlerhorst, wie Gorgo ...«

Nils Holgersson dachte den Gedanken nicht zu Ende. Er riss sich die Mütze vom Kopf, schwang sie durch die Luft und rief: »Hurra!« Denn er hatte begriffen, wohin Gorgo ihn gebracht hatte. Dies war das Sommertal der Wildgänse mit dem Adlerfelsen – er war am Ziel seiner

Reise! Gleich würde er den Gänserich Martin, Akka und die anderen Wildgänse wieder sehen!

Der Junge tat einige vorsichtige Schritte und sah sich nach seinen Freunden um. Es war ganz still und die Sonne war noch nicht über die Felswände gestiegen. Es musste also noch sehr früh sein und die Wildgänse schliefen noch. Der Junge war noch nicht sehr weit gegangen, als er lächelnd stehen blieb, weil er etwas ganz Bezauberndes erblickt hatte.
Vor ihm lag eine Wildgans auf ihrem Nest und daneben stand ein Gänserich, der zwar auch noch schlief, sich indes so nah an das Nest gestellt hatte, dass er bei der geringsten Gefahr sofort eingreifen konnte.
Der Junge störte die beiden nicht und ging leise weiter.

Zwischen den niedrigen Büschen entdeckte er bald ein weiteres Gänsepärchen. Er sah, dass es fremd war und nicht zur Schar gehörte, und dennoch freute er sich so über diesen Anblick, dass er leise zu singen begann. Er suchte das Gebüsch ab und fand endlich ein Paar, das er sofort wieder erkannte: Es war Neljä, die da auf ihren Eiern lag, und daneben stand der Gänserich Kolme, eine Verwechslung war ausgeschlossen!

Der Junge hätte sie am liebsten geweckt, ließ sie aber schlafen und ging weiter.

Im nächsten Gebüsch fand er Viisi und Kuusi und nicht weit davon Yksi und Kaksi.

Alle vier schliefen und der Junge ging weiter, ohne sie aufzuwecken.

Als er sich dem nächsten Gebüsch näherte, glaubte er etwas Weißes durch die Zweige schimmern zu sehen und sein Herz begann vor Freude heftig zu schlagen – und dann sah er sie: Daunenfein, die schlafend auf ihrem Nest lag, und den Gänserich Martin, der neben ihr stand. Man sieht es noch seinem schlafenden Gesicht an, wie stolz er ist, dachte der Junge, hier oben in Lappland neben seiner Frau Wache zu halten!

Aber der Junge wollte auch den weißen Gänserich nicht wecken und ging weiter.

Er musste ziemlich lange suchen, bis er auf weitere Wildgänse stieß. Doch dann entdeckte er auf einem kleinen Hügel ein graues, unscheinbares Häufchen. Er trat näher und jetzt sah er, dass dieses graue Etwas niemand anderes als Akka von Kebnekajse war. Hellwach stand sie auf dem kleinen Hügel und spähte um sich, als bewache sie das ganze Tal.

»Guten Tag, Mutter Akka!«, sagte der Junge. »Wie schön, dass Ihr wach seid. Weckt bitte die anderen noch nicht, denn ich möchte gern noch ein wenig mit Euch allein sprechen.«

Die alte Leitgans stürzte den Hügel hinab und warf sich auf den Jungen. Zuerst packte sie ihn und schüttelte ihn kräftig durch, dann fuhr sie mit ihrem Schnabel über seinen ganzen Körper und schüttelte ihn wieder, ohne ein Wort zu sagen, denn er hatte sie ja gebeten die anderen nicht zu wecken.

Der Däumling küsste die alte Mutter Akka auf beide Wangen und dann erzählte er ausführlich, wie er nach Skansen gebracht und dort gefangen gehalten worden war, wie es ihm ergangen und wie er schließlich wieder zu den Wildgänsen nach Lappland gelangt war.

»Zum Schluss muss ich Euch noch erzählen, dass Smirre, der Fuchs, mit abgebissenem Ohr ebenfalls in Skansen gefangen saß«, sagte der Junge. »Und obwohl er uns so übel mitgespielt hat, tat er mir doch Leid. Er musste mit vielen anderen Füchsen in einem Bau hausen und war sehr niedergeschlagen. Nun hatte ich dort schnell Freunde gefunden und der Lappenhund verriet mir eines Tages, dass ein Mann nach Skansen gekommen war, um Füchse zu kaufen, die er auf einer Insel aussetzen wollte, auf der es keine Füchse mehr, sondern nur noch Ratten gab.

So lief ich schnell zu Smirres Käfig und gab ihm den Rat, er solle sich von diesem Mann nur getrost fangen lassen! Nun, er hielt sich daran und läuft jetzt wieder frei auf dieser Insel herum. Was meint Ihr, Mutter Akka? Habe ich in Eurem Sinne gehandelt?«

»Ich hätte es nicht besser tun können!«, antwortete die Leitgans wie schon zuvor, als er ihr von der Befreiung Gorgos berichtet hatte.

»Diese Worte habe ich von Euch erwartet, Mutter Akka«, sagte der Junge. »Aber nun will ich schauen, ob der Gänserich Martin schon wach ist! Und wenn Ihr mir inzwischen noch einen Gefallen tun wollt, so bedankt Euch in meinem Namen bei dem da oben auf dem Felsvorsprung, er ist nun wieder da, wo Ihr ihn als hilfloses Adlerjunges einst gefunden habt.«

# *Gen Süden! Gen Süden!*

*Samstag, 1. Oktober*

Nils Holgersson saß auf dem Rücken des weißen Gänserichs und ritt hoch oben durch die Lüfte.
Einunddreißig Wildgänse zogen in geordneter Formation rasch gen Süden. Das Gefieder rauschte und die vielen Schwingen erzeugten in der Luft ein solches Sausen und Brausen, dass man sein eigenes Wort nicht verstehen konnte.
Akka von Kebnekajse flog an der Spitze, dahinter kamen Yksi und Kaksi, Kolme und Neljä, Viisi und Kuusi und schließlich Martin und Daunenfein. Die sechs Junggänse, die sich im letzten Herbst der Schar angeschlossen hatten, waren wieder fortgeflogen. An ihrer Stelle waren nun zweiundzwanzig Junggänse mit in der Schar, die in diesem Sommer im lappländischen Felsental aufgewachsen waren.
Die armen Jungen hatten noch nie eine größere Reise unternommen und sie hatten bei dem schnellen Flug der Alten anfangs große Mühe mitzukommen.

»Akka von Kebnekajse! Akka von Kebnekajse!«, riefen sie kläglich.

»Was gibt's?«, fragte die Leitgans.

»Unsere Flügel sind vom vielen Schlagen müde!«, schrien die Jungen.

»Je länger ihr fliegt, desto besser wird es gehen!«, erwiderte Akka und flog kein bisschen langsamer. Und tatsächlich schien sie Recht zu behalten; denn nachdem sie einige Stunden geflogen waren, klagten die Jungen nicht mehr. Im nördlichen Felsental hatten sie den ganzen Tag nach Belieben weiden können und es dauerte daher nicht lange, bis sie hungrig wurden.

»Akka! Akka von Kebnekajse!«, riefen sie kläglich.

»Was gibt's denn nun?«, rief die Leitgans.

»Wir können vor Hunger nicht mehr weiterfliegen!«, schrien die Jungen. »Wir sind so hungrig!«

»Wildgänse müssen lernen die Luft zu essen und den Wind zu trinken!«, antwortete Akka und dachte nicht daran, eine Pause zu machen.

Da war es plötzlich, als hätten die Jungen schnell gelernt allein von Luft und Wind zu leben; denn nachdem sie wieder ein gutes Stück geflogen waren, hörten auch diese Klagen auf.

Nils Holgersson fand, es sei für die Wildgänse höchste Zeit wieder in den Süden zu ziehen. Der erste Schnee war bereits gefallen und im Felsental war es in den letzten Wochen empfindlich kalt gewesen. Regen, Stürme und Nebel hatten das Wetter bestimmt, und wenn

es einmal aufgeklart war, hatte sofort starker Frost eingesetzt. Die köstlichen Beeren und Pilze, von denen der Junge sich den ganzen Sommer über ernährt hatte, waren erfroren oder verfault, sodass er zum Schluss auf rohen Fisch angewiesen war, um halbwegs satt zu werden. Als die Gänseküken schließlich so weit herangewachsen waren, dass sie ihre kleinen Schwingen gebrauchen konnten, war der Junge sehr froh darüber, denn nun konnte es endlich in den Süden gehen! Der Junge freute sich so darüber, dass er auf dem Rücken des Gänserichs unentwegt sang und lachte.
In den ersten Wochen hatte es ihm in Lappland wirklich sehr gefallen und er glaubte noch nie eine so wunderschöne Landschaft gesehen zu haben. Unangenehm waren allein die zahlreichen Mückenschwärme gewesen, die ihn regelrecht aufzufressen gedroht hatten. Mit dem Gänserich Martin war er in dieser Zeit wenig zusammen, denn der war viel zu sehr mit Daunenfein beschäftigt, sorgte für sie und wich nicht von ihrer Seite. So hatte sich der Junge an Akka und Gorgo gehalten und alle drei hatten viele vergnügte Stunden zusammen verbracht. Die Vögel hatten ihn auf ausgedehnte Ausflüge mitgenommen und ihm entlegene Täler und Berggipfel gezeigt. Sogar bis hoch oben auf den schneebedeckten Kebnekajse waren sie geflogen und der Junge hatte auf die gewaltigen Gletscher hinabschauen können.
Natürlich hatte er auch mit den zahmen Rentieren Be-

kanntschaft gemacht, die in großen Herden an den Ufern des schönen Torneträsk weideten. Am großen Sjöfall war er gewesen und hatte den dort lebenden Bären von ihren Verwandten im Bergwerksdistrikt Grüße ausgerichtet. Wo immer er auch hingekommen war, hatte er ein wunderschönes Land vorgefunden und er war glücklich, dass er es hatte sehen dürfen, aber für immer hätte er dort nicht leben mögen.

Er musste Akka Recht geben, die gesagt hatte: »Die schwedischen Siedler sollten dieses Land in Ruhe lassen und es den Bären und Wölfen, den Rentieren und Wildgänsen, den Eulen, Mäusen und Lappen überlassen, die dazu geschaffen sind, hier zu leben.«

Ja, der Junge war wirklich froh und glücklich, dass es jetzt wieder südwärts ging, und als der erste Fichtenwald auftauchte, schwenkte er einmal mehr seine Mütze durch die Luft und rief laut: »Hurra!«

Auf dieselbe Weise begrüßte er die erste Berghütte, die erste Ziege, die erste Katze und die ersten Hühner. Er flog dahin über majestätische Wasserfälle und imposante Bergrücken, und als er die Kapelle von Kvikkjokk mit ihrem kleinen Pfarrhof inmitten des Dorfes erblickte, stiegen ihm vor Glück Tränen in die Augen.

Immer wieder begegneten ihnen andere Zugvögel, die jetzt in größerer Zahl unterwegs waren als im Frühjahr.

»Wohin, ihr Wildgänse, wohin?«, riefen die Zugvögel.

»Ins Ausland! Ins Ausland, wie ihr auch!«, antworteten die Wildgänse. »Ins Ausland!«

»Eure Jungen können ja noch gar nicht richtig fliegen!«, riefen die anderen. »Mit diesen kleinen Flügeln kommen sie doch nie übers Meer!«
Die Lappen kamen mit ihren Rentieren nun auch von den Bergen herab. Als die Wildgänse sie erblickten, flogen sie etwas tiefer und riefen ihnen zu: »Vielen Dank für den Sommer! Vielen Dank für den Sommer!«
»Glückliche Reise und auf Wiedersehen im nächsten Jahr!«, antworteten die Rentiere.
Als aber die Bären die Wildgänse sahen, zeigten sie sie ihren Jungen und brummten: »Seht nur! Die da oben haben Angst vor dem bisschen Kälte und trauen sich nicht, im Winter hier zu bleiben!«
Aber die Wildgänse blieben ihnen die Antwort nicht schuldig und riefen ihren Jungen zu: »Seht nur! Die da

unten verschlafen lieber ein halbes Jahr als sich in den Süden aufzumachen!«

Unten in den Fichtenwäldern saßen frierend und zerzaust die jungen Auerhähne und sahen sehnsüchtig den großen Vogelschwärmen nach, die vergnügt und jubelnd gen Süden flogen.

»Wann fliegen wir denn?«, fragten sie die alten Auerhähne und Auerhühner. »Wann fliegen wir denn?«

»Wir bleiben schön hier!«, war die Antwort. »Wir bleiben hier!«

# *Der Schatz auf der Schäre*

*Freitag, 7. Oktober*

Seit die Wildgänse Lappland den Rücken gekehrt hatten, waren sie ständig südwärts geflogen, doch hinter dem Fryksdal änderten sie die Richtung und flogen nun über das westliche Värmland und Dalsland auf Bohuslän zu.

»Weißt du, Gänserich Martin«, sagte der Junge, während sie hoch oben daherflogen, »nach dieser aufregenden Reise wird es für uns beide sicher schrecklich langweilig sein, wenn wir den ganzen Winter zu Hause bleiben. Ich denke gerade darüber nach, ob wir nicht mit den Wildgänsen ins Ausland fliegen sollen.«

»Das ist doch wohl nicht dein Ernst!«, entgegnete der Gänserich entsetzt; denn nun, da er bewiesen hatte, dass er stark genug war mit den Wildgänsen nach Lappland zu fliegen, war er vollauf zufrieden und freute sich darauf, wieder in Holger Nilssons gemütlichen Gänsestall zurückzukehren.

Der Junge schwieg eine Weile und schaute hinunter auf

Värmland, wo die Birkenwälder und Gärten herbstlich bunt im Licht der Sonne lagen und die lang gezogenen Seen tiefblau glitzerten.
»Ich glaube, ich habe die Erde noch nie so schön unter uns liegen sehen«, sagte er. »Die Seen schimmern wie blaue Seide und ihre Ufer sehen aus wie Bänder aus Gold. Meinst du nicht auch, dass es schade wäre, wenn wir nicht noch mehr von der Welt zu sehen bekämen?«
»Ich dachte, du wolltest nach Hause zu Vater und Mutter, um ihnen zu zeigen, was du für ein tüchtiger Junge geworden bist«, entgegnete der Gänserich.
Während des ganzen Sommers hatte der große Weiße von dem Augenblick geträumt, wo er sich stolz auf dem kleinen Hof von Holger Nilsson niederlassen und den Gänsen und Hühnern, Kühen und Katzen und Mutter Nilsson seine Daunenfein und die sechs Jungen zeigen würde. Deshalb behagten ihm die Überlegungen des Jungen überhaupt nicht.
Die Wildgänse rasteten an diesem Tag öfter als sonst, denn überall gab es nun schon üppige Stoppelfelder, auf denen sich vortrefflich weiden ließ, sodass sie erst kurz vor Sonnenuntergang in Dalsland ankamen. Sie flogen über den nordwestlichen Teil des Landes dahin und hier war es noch schöner als in Värmland. Überall gab es Seen, an deren grünen Ufern bunte Gärten lagen, und im letzten Sonnenlicht schimmerte das Wasser wie pures Gold.
»Meinst du denn nicht auch, lieber Martin«, begann der

Junge von neuem, »dass es recht langweilig wird, wenn wir nie wieder so etwas Wunderbares zu sehen bekommen?«
»Ich sehe viel lieber die fruchtbaren Felder von Schonen als diese kargen Bergrücken«, antwortete der Gänserich und seufzte tief. »Aber wenn du unbedingt die Reise fortsetzen willst, so werde ich natürlich bei dir bleiben.«
»Diese Antwort habe ich von dir erwartet«, sagte der Junge und in seiner Stimme schwang eine große Erleichterung mit.
Als sie über Bohuslän flogen, stand die Sonne schon tief am Horizont und manchmal verschwand sie hinter einem Berggipfel. Die Wildgänse flogen unvermindert rasch gen Westen und endlich tauchte vor ihnen ein heller Streifen auf, der mit jedem Flügelschlag wuchs und immer breiter wurde: Sie hatten das Meer erreicht!

*

Die Wildgänse hatten sich auf einer kleinen Schäre vor Fjällbacka zum Schlafen niedergelassen. Aber als es auf Mitternacht zuging und der Mond hoch am Himmel stand, regte sich Akka plötzlich und weckte Yksi und Kaksi, Kolme und Neljä, Viisi und Kuusi und schließlich auch den Däumling.
»Was ist los, Mutter Akka?«, fragte der Junge erschrocken.
»Nichts Schlimmes«, sagte die Leitgans. »Wir sieben

Alten haben uns nur vorgenommen heute Nacht ein Stück aufs Meer hinauszufliegen und wollten dich fragen, ob du Lust hast mitzukommen.«
Dem Jungen war klar, dass Akka ihm ein solches Angebot nicht machen würde, wenn es mit diesem nächtlichen Ausflug nicht eine ganz besondere Bewandtnis gehabt hätte. Er setzte sich daher sogleich auf ihren Rücken und Akka flog in westlicher Richtung davon. Zuerst ging es über eine Reihe von großen und kleinen Inseln, die nah an der Küste lagen, dann flogen sie ein Stück über offenes Wasser und erreichten schließlich weit im Westen eine große Inselgruppe.
Die Inseln waren felsig und flach und im Mondlicht konnte man gut erkennen, dass die Wogen der See sie an der Westseite blank geschliffen hatten. Auf einer der kleinsten ließ Akka sich nieder. Die Insel bestand lediglich aus einer zerklüfteten Felsplatte und war in der Mitte durch einen tiefen Spalt geteilt, in den das Meer feinen weißen Sand und Muscheln gespült hatte.
Als der Junge von Akkas Rücken hinabsprang, sah er dicht neben sich etwas, was wie ein großer, spitzer Felsblock aussah. Doch im selben Augenblick sah er, dass es ein gewaltiger Raubvogel war, der sich die Schäre als Nachtquartier gewählt hatte. Der Junge wunderte sich noch, wie die Wildgänse so unvorsichtig sein konnten sich ausgerechnet hier niederzulassen, als der Vogel auch schon in großen Sprüngen auf sie zukam, und da sah Nils Holgersson, dass es der Adler Gorgo war.

Der Junge begriff, dass Akka sich mit ihm hier draußen auf der Schäre verabredet hatte.
»Gut gemacht, Gorgo«, sagte Akka. »Eigentlich hatte ich nicht damit gerechnet, dich so früh hier anzutreffen. Bist du schon lange hier?«
»Ich habe mich beeilt und bin seit Einbruch der Dunkelheit hier«, entgegnete Gorgo. »Aber das ist auch das einzig Gute, was ich dir mitzuteilen habe; denn deinen Auftrag habe ich nicht ganz erledigen können.«
»Ich kenne dich«, sagte Akka. »Bestimmt hast du mehr erreicht, als du zugeben willst! Aber bevor du erzählst, was du auf deiner Reise erlebt hast, möchte ich den Däumling bitten mir bei der Suche nach etwas zu helfen, was hier auf der Schäre versteckt ist.«
Der Junge hatte sich gerade interessiert ein paar Muscheln angeschaut; als er nun seinen Namen hörte, blickte er auf.
»Du wunderst dich bestimmt, Däumling, dass wir auf dem Rückflug vom Kurs abgewichen sind und den Umweg über das Kattegat gemacht haben?«, fragte Akka.
»Ich fand es schon etwas seltsam«, entgegnete der Junge, »aber ich weiß ja, dass Ihr für alles, was Ihr tut, einen guten Grund habt.«
»Du hast eine hohe Meinung von mir«, sagte Akka. »Aber ich fürchte, dieses Mal muss ich dich enttäuschen, denn es scheint, dass unser Umweg vergeblich war! Vor vielen Jahren«, fuhr Akka fort, »gerieten einige von den

Alten und ich auf der Frühjahrsreise in einen solchen Orkan, dass es uns auf diese Schäre hier verschlug. Tagelang tobte der Sturm und zwang uns auf dieser kahlen Klippe auszuharren. Wir hatten fürchterlichen Hunger und suchten diesen Spalt dort zum wiederholten Male nach Nahrung ab, als wir, ganz im Sand vergraben, mehrere Säcke entdeckten. Sie waren fest zugebunden, und in der Hoffnung, es sei Getreide darin, rissen und zerrten wir so lange an den Säcken, bis das Leinen aufplatzte. Es rieselten aber keine Körner heraus, sondern lauter glänzende Goldstücke.
Damit konnten wir Wildgänse natürlich nichts anfangen und ließen sie einfach liegen. In all den Jahren haben wir nicht mehr an unseren Fund gedacht, bis im letzten Herbst etwas geschah, was unseren Wunsch nach diesem Gold geweckt hat. Zwar ist es eher unwahrscheinlich, dass das Gold noch da ist, doch ich bitte dich, einmal nachzusehen, ob du es vielleicht nicht doch noch findest.«
Der Junge hüpfte in die Felsspalte, nahm in jede Hand eine große Muschel und machte sich daran, den Sand beiseite zu schaufeln. Säcke fand er nicht. Aber nachdem er schon ein tiefes Loch gegraben hatte, hörte er ein metallisches Klirren und sah, dass er auf eine Münze gestoßen war. Er grub mit bloßen Händen weiter und legte immer mehr Münzen frei. Da lief er schnell zu Akka.
»Die Säcke sind verrottet«, sagte er, »aber die Goldstücke sind noch da!«

»Gut«, sagte Akka. »Mach das Loch jetzt wieder gut zu und beseitige alle Spuren, damit niemand auf die Idee kommt, dass dort etwas versteckt sein könnte!«
Das tat der Junge sehr gewissenhaft, und als er wieder aus der Felsspalte kroch, schritten alle Wildgänse, Akka an der Spitze, feierlich auf ihn zu. Sie bauten sich vor ihm auf und verneigten sich viele Male vor ihm, sodass der Junge unwillkürlich seine Mütze abnahm und sich vor ihnen ebenfalls verneigte.
»Höre, Däumling«, sagte Akka, »wir sind die Ältesten

in der Schar und wir sind uns einig darüber, dass du, Däumling, uns sehr viel Gutes getan hast! Hättest du dasselbe für die Menschen getan, so ließen sie dich wohl kaum ohne eine reichliche Belohnung gehen.«

»Nicht ich habe euch Gutes getan, Mutter Akka«, sagte der Junge, »sondern ihr mir!«

»Außerdem sind wir der Meinung«, fuhr Akka unbeirrt fort, »dass ein Mensch, der uns auf der ganzen Reise begleitet hat, nicht genauso arm von uns gehen soll, wie er zu uns gekommen ist.«

»Alles, was ich bei euch gelernt habe, ist mehr wert als Geld und Gut!«, sagte der Junge.

»Wenn diese Goldstücke nach all den Jahren immer noch hier liegen, haben sie bestimmt auch keinen Besitzer«, fuhr Akka fort, »und wir finden, sie sollen nun dir gehören.«

»Aber braucht ihr denn den Schatz nicht selbst, Mutter Akka?«, fragte der Junge.

»Doch, wir brauchen ihn, um dich damit zu belohnen, damit dein Vater und deine Mutter sehen, dass du bei anständigen Leuten als Gänsehirt in Diensten warst.«

Da drehte sich der Junge halb um, warf einen Blick auf das Meer hinaus und sah dann Akka direkt in die glänzenden Augen.

»Ich bin doch sehr verwundert, Mutter Akka«, sagte er. »Ihr verabschiedet und entlohnt mich, bevor ich gekündigt habe!«

»Solange wir Wildgänse uns noch in Schweden aufhalten, wirst du natürlich bei uns bleiben«, sagte Akka. »Aber ich wollte dir schon jetzt zeigen, wo der Schatz liegt, weil wir, ohne allzu sehr vom Kurs abweichen zu müssen, hier vorbeifliegen konnten.«

»Trotzdem ist es so, wie ich sage«, entgegnete der Junge. »Ihr schickt mich weg, bevor ich selbst gehen will. Wir sind doch Freunde und nach der langen Zeit, die wir zusammen verbracht haben, könnt ihr das doch nicht machen! Ich möchte mit euch ins Ausland reisen!«

»Daran habe ich noch gar nicht gedacht«, sagte Akka und atmete tief. »Doch bevor du dich entschließt, ob du uns weiter begleitest oder nicht, sollten wir hören, was Gorgo zu berichten hat. Bevor wir nämlich Lappland verließen, haben Gorgo und ich beschlossen, dass er nach Schonen in deine Heimat fliegt, um mit dem Wichtelmännchen über dich und deine Zukunft zu verhandeln, schließlich wäre es ja am besten, wenn du wieder ein richtiger Mensch werden würdest.«

»So ist es«, fügte Gorgo hinzu. »Aber wie schon gesagt, ich bin nicht sehr erfolgreich gewesen. Holger Nilssons Hof habe ich leicht gefunden und nach einigem Suchen entdeckte ich auch das Wichtelmännchen, wie es zwischen den Stallungen umherschlich. Ich schoss hinunter, griff mir das Kerlchen und flog mit ihm auf ein freies Feld hinaus, um dort ungestört mit ihm zu reden. Ich sagte ihm, Akka von Kebnekajse habe mich geschickt, um mit ihm über leichtere Bedingungen für Nils Holgerssons Rückverwandlung zu verhandeln. Das Wichtelmännchen erklärte, es wünschte durchaus dem Jungen helfen zu können, zumal ihm zu Ohren gekommen sei, dass der Däumling sich auf der Reise sehr bewährt habe, doch stehe dies leider nicht in seiner Macht. Da wurde ich wütend und drohte ihm auf der Stelle die Augen auszuhacken, wenn es sich weiterhin stur stellen würde. Doch es war nicht zu beeindrucken und sagte nur, ich könne mit ihm machen, was ich wolle, es bleibe bei der alten Abmachung: Nils Holgersson wird erst wieder ein Mensch werden, wenn er den Gänserich Martin nach Hause bringt, damit seine Mutter ihn schlachten kann!«

Die Wildgänse wollten gerade alle zugleich zu schnattern anfangen, als Gorgo erneut das Wort ergriff. »Dem Jungen soll ich ausrichten, dass er schnell mit dem Gänserich nach Hause kommen soll, denn auf dem Hof steht es nicht gerade zum Besten. Holger Nilsson hat infolge einer geplatzten Bürgschaft für seinen Bruder hohe Schulden. Außerdem hat er sich für geliehenes Geld ein Pferd gekauft, das seit dem ersten Ausritt lahmt und für nichts mehr zu gebrauchen ist. Zwei Kühe mussten bereits verkauft werden und nun werden die Eltern wohl Haus und Hof verlassen müssen, wenn sie nicht bald von irgendwoher Hilfe bekommen.«

Als der Junge dies hörte, ballte er seine Hände zu Fäusten, und zwar so fest, dass die Knöchel weiß hervortraten.

»Das ist grausam von dem Wichtelmännchen!«, rief er

zornig. »Es will mich dazu bringen, einen Freund ans Messer zu liefern! Unter dieser Bedingung kann ich nicht nach Hause zurückkehren und kann daher auch meinen Eltern nicht helfen! Ich habe ein reines Gewissen. Vater und Mutter sind ehrbare und verständnisvolle Leute, die bestimmt nicht wollten, dass ich unter diesen Umständen zu ihnen zurückkehre!«

# *Bei Holger Nilsson*

*Dienstag, 8. November*

Der Tag war regnerisch und neblig. Die Wildgänse hatten auf den ausgedehnten Feldern nahe der Kirche von Skurup geweidet und hielten nun ihre Mittagsruhe, als Akka sich zu Nils Holgersson gesellte.

»Das Wetter scheint sich beruhigt zu haben«, sagte sie. »Es wird nun einige Zeit so bleiben und wir werden daher morgen über die Ostsee fliegen.«

»Aha«, sagte der Junge nur, denn seine Kehle war auf einmal wie zugeschnürt, sodass er kein Wort mehr hervorbrachte.

Er hatte die ganze Zeit über, da sie sich in Schonen aufhielten, im Stillen doch noch gehofft von diesem Wichtelzauber erlöst zu werden.

»Wir sind nicht weit entfernt von Västra Vemmenhög«, fuhr Akka fort, »vielleicht hast du Lust einen kleinen Abstecher nach Hause zu machen, bevor wir aufbrechen; denn danach wirst du so bald keine Gelegenheit mehr haben deine Eltern zu sehen.«

»Lieber nicht«, sagte der Junge, aber seiner Stimme war anzumerken, wie sehr er sich über den Vorschlag freute.
»Wenn der Gänserich hier bei uns bleibt, kann ihm ja nichts passieren«, sagte Akka. »Ich bin der Meinung, du solltest dich schon persönlich danach erkundigen, wie es deinen Eltern geht. Vielleicht kannst du ihnen ja doch irgendwie helfen, auch wenn du kein Mensch bist.«
»Ja, Ihr habt Recht, Mutter Akka. Warum habe ich daran nicht selbst gedacht?«, rief der Junge und wurde plötzlich ganz aufgeregt.
Im nächsten Augenblick waren Akka und er schon auf dem Weg zu Holger Nilsson und bald darauf ließ sich Akka neben der kleinen Steinmauer nieder, die den Hof umgab.
»Seltsam, hier hat sich ja gar nichts verändert«, sagte der Junge und kletterte auf das Mäuerchen. »Es kommt mir

vor, als sei es erst gestern gewesen, dass ich hier saß und euch hoch oben fliegen sah!«

»Ob dein Vater wohl ein Gewehr hat?«, fragte Akka plötzlich.

»Natürlich!«, rief der Junge. »Wegen dieser Flinte bin ich doch an jenem Sonntag zu Hause geblieben, statt mit in die Kirche zu gehen.«

»Dann ist es für mich zu riskant, hier auf dich zu warten«, sagte Akka. »Am besten schleichst du dich morgen früh wieder zu uns zurück und bleibst über Nacht hier.«

»Mutter Akka! Flieg nicht fort!«, rief der Junge und sprang von der Mauer. Er hatte das unbestimmte Gefühl, als würde der Wildgans oder ihm etwas zustoßen und sie würden sich nie wieder sehen.

»Ihr wisst ja wohl, dass ich sehr traurig bin, weil ich meine eigentliche Gestalt nicht wiedererlangen kann, aber Ihr sollt auch wissen, dass ich es nie bereut habe damals im Frühling mit euch Wildgänsen fortgeflogen zu sein! Und wenn ich auch nie wieder ein Mensch werde – auf diese Reise hätte ich nicht verzichten wollen!«

Akka atmete einige Male durch, bevor sie antwortete. »Ich wollte dir schon lange etwas sagen. Es hätte zwar noch Zeit damit, denn du bleibst ja bei uns, aber ich sage es dir jetzt, hör zu! Wenn du von uns etwas gelernt hast, Däumling, dann sollte dies die Erkenntnis sein, dass die Menschen nicht die alleinigen Herrscher über diese

Welt sein dürfen. Die Menschen haben viel Land und könnten den Tieren ohne weiteres ein paar Inseln, Moore, Seen und Wälder überlassen, wo sie in Ruhe und Frieden leben könnten. Mein Leben lang bin ich gejagt und verfolgt worden und es wäre für jemanden wie mich eine Erlösung, wenn es irgendwo eine solche Freistatt gäbe.«

»Ich würde mich freuen, wenn ich euch dazu verhelfen könnte«, seufzte der Junge. »Doch glaube ich kaum, dass mein Einfluss jemals groß genug sein wird, um etwas zu ändern.«

»Wir reden miteinander, als würden wir uns nie wieder sehen!«, sagte da Akka. »Dabei sind wir schon morgen früh wieder zusammen! Aber jetzt fliege ich wieder zu meiner Schar.« Mit diesen Worten hob sie die Schwingen, senkte sich aber noch einmal herab, rieb ihren Schnabel einige Male zärtlich an dem Jungen und flog dann endgültig davon.

*

Der Tag war schon weit fortgeschritten, doch auf dem Hof war kein Mensch zu sehen, sodass der Junge unbekümmert überall herumlaufen konnte. Zuerst ging er in den Kuhstall, weil er wusste, dass er von den Kühen am ehesten etwas erfahren würde.

Im Frühjahr hatten noch drei prächtige Kühe dort gestanden, jetzt war nur noch eine einzige da. Es war

Mairose und ihr war anzumerken, dass sie sich nach ihren Freundinnen sehnte. Sie ließ den Kopf hängen und rührte das Futter nicht an, das im Trog vor ihr lag.
»Guten Tag, Mairose!«, sagte der Junge und hüpfte ohne Scheu zu ihr in die Box. »Wie geht es meinen Eltern? Was machen die Hühner und die Gänse und die Katze? Wo sind Stern und Goldlilie?«
Als Mairose die Stimme des Jungen vernahm, zuckte sie zusammen und es sah aus, als wolle sie auf ihn losgehen. Aber sie war nicht mehr so temperamentvoll wie einst, sondern nahm sich Zeit Nils Holgersson ganz genau anzusehen, bevor sie zustieß. Er war noch genauso winzig wie bei seiner Abreise und trug auch noch dieselben Kleidungsstücke, aber trotzdem hatte er sich sehr verändert. Der Nils Holgersson, der im Frühjahr fortgeflogen war, hatte einen trägen, langsamen Gang gehabt, eine schleppende Stimme und schläfrige Augen. Aber der, der jetzt zurückgekehrt war, war flink und geschmeidig, sprach schnell und hatte blitzende Augen. Zudem hatte er ein solch furchtloses Auftreten, dass man unwillkürlich Respekt vor ihm bekam. Seine ganze Ausstrahlung war angenehm und sympathisch.
»Muuh!«, brüllte Mairose. »Junge, hast du dich verändert, es ist ja kaum zu glauben! Grüß Gott, Nils Holgersson! Grüß Gott und willkommen daheim! Das ist der erste erfreuliche Augenblick, den ich seit langem erlebe!«
»Ich danke dir, Mairose«, sagte der Junge und war

angenehm überrascht über die freundliche Begrüßung.
»Nun erzähl aber, wie es Vater und Mutter geht!«
»Seitdem du weg bist, haben sie nichts als Kummer und Sorgen gehabt«, sagte Mairose. »Die Sache mit dem teuren Pferd ist wohl am schlimmsten. Es lahmt und hat den ganzen Sommer nur gestanden und gefressen. Dein Vater bringt es nicht übers Herz, es zu erschießen, und so ein Pferd kann er auch nicht verkaufen. Deswegen hat er schon Stern und Goldlilie verkaufen müssen.«
Der Junge wollte eigentlich noch etwas ganz anderes wissen, traute sich aber nicht geradeheraus zu fragen. Daher sagte er: »War meine Mutter eigentlich sehr traurig, als sie merkte, dass der Gänserich davongeflogen war?«
»Ach, um den Gänserich hat sie nicht groß getrauert«, entgegnete Mairose. »Viel schlimmer war für sie, dass ihr Sohn verschwunden war und den Gänserich mitgenommen hatte.«
»Ja glaubt sie denn, ich hätte den Gänserich gestohlen?«, rief der Junge.
»Was denn sonst?«
»Vater und Mutter meinen wohl, ich hätte mich den ganzen Sommer wie ein Landstreicher herumgetrieben, was?«
»Sie denken, dass es dir sehr schlecht geht, und sie haben um dich getrauert, wie man trauert, wenn man das Liebste auf der Welt verliert.«
Als der Junge das hörte, verließ er rasch den Kuhstall

und lief hinüber in die Pferdebox. Das Pferd war wunderschön und bestens gepflegt; es war geschniegelt und gestriegelt und machte ganz und gar keinen kranken Eindruck.

»Guten Tag!«, sagte der Junge. »Ich höre, hier soll es ein krankes Pferd geben. Das kannst du ja wohl nicht sein!«

Das Pferd drehte den Kopf und sah den Jungen nachdenklich an.

»Bist du der Sohn des Hauses?«, fragte es. »Ich habe schon einiges von dir gehört und nicht unbedingt Gutes, dabei machst du gar keinen schlechten Eindruck auf mich.«

»Ich weiß, dass ich hier keinen guten Ruf habe«, sagte der Junge. »Meine eigene Mutter hält mich für einen Dieb! Das ist jetzt aber auch egal, ich bleibe eh nicht lange auf dem Hof. Doch bevor ich gehe, möchte ich gern wissen, was dir eigentlich fehlt.«

»Schade, dass du nicht bleibst«, sagte das Pferd. »Wir wären bestimmt gute Freunde geworden, davon bin ich überzeugt! Mir fehlt nichts. Ich habe mir nur etwas in den Fuß getreten, eine Messerspitze wahrscheinlich oder einen anderen spitzen Gegenstand. Das Ding sitzt so tief, dass der Doktor es nicht findet. Aber es sticht und sticht, sodass ich einfach nicht auftreten kann. Wenn du Holger Nilsson das mitteilen könntest, so kann er mir bestimmt helfen. Schließlich möchte ich doch für all das gute Futter, das er mir gibt, eine angemessene Gegenleistung erbringen. Ich schäme mich ja

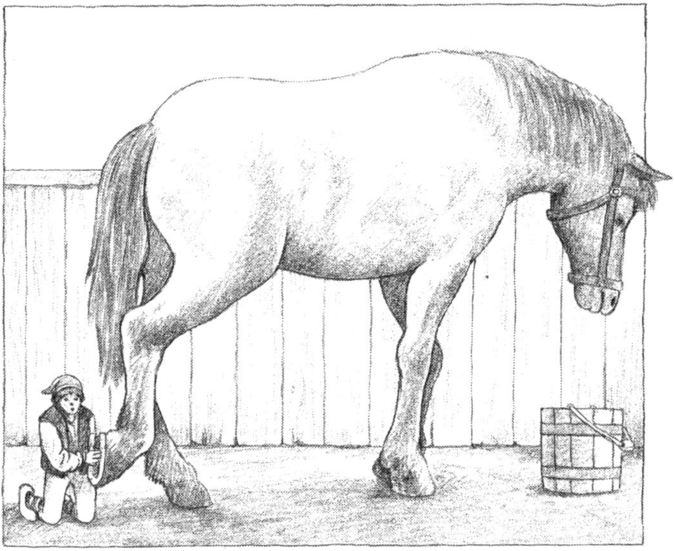

hier immer nur herumzustehen und nichts zu tun, als zu fressen!«

»Wie gut, dass du keine richtige Krankheit hast«, sagte der Junge. »Ich sorge dafür, dass dir geholfen wird. Darf ich ganz vorsichtig etwas in deinen Huf ritzen?«

Er wartete die Antwort gar nicht erst ab und machte sich an die Arbeit. Gerade war er fertig geworden, als er draußen auf dem Hof Stimmen hörte. Er lugte hinaus und sah seinen Vater und seine Mutter, die von der Straße her auf das Haus zugingen. Es war ihnen schon von weitem anzusehen, wie bedrückt sie waren. Das Gesicht der Mutter hatte etliche Falten mehr als noch im Frühjahr und der Vater war ganz grau geworden. Die Mutter war gerade dabei, den Vater zu überreden, dass er sich Geld von einem Verwandten leihen solle.

»Ich will mich nicht noch höher verschulden«, sagte der Vater, als sie gerade am Pferdestall vorbeigingen. »Schulden zu haben ist das Allerschlimmste, dann verkaufen wir lieber den Hof.«

»Dagegen hätte ich ja nichts, wenn ich mir nicht solche Sorgen um den Jungen machte!«, entgegnete die Mutter. »Stell dir vor, er kommt eines Tages arm und krank zurück und hat dann kein Zuhause mehr! Was soll er denn machen, wenn wir dann nicht mehr da sind?«

»Du hast Recht«, sagte der Vater. »Aber vielleicht könnten wir den neuen Besitzer bitten unseren Nils freundlich zu empfangen und ihm zu sagen, was aus uns geworden ist. Wir werden auch bestimmt nicht mit ihm schimpfen und ihn wieder aufnehmen, so wie er ist, nicht wahr, Mutter?«

»Sicher, sicher! Ach, hätte ich ihn nur wieder und wüsste, dass er nicht auf der Straße hungern und frieren muss, dann wäre mir doch alles andere einerlei!«

Nach diesen Worten gingen die beiden ins Haus und der Junge konnte von ihrem Gespräch nichts mehr hören. Aber die Worte der Eltern hatten ihn glücklich gemacht. Er wusste jetzt, wie sehr sie ihn liebten, und er hatte die größte Lust hinter ihnen herzulaufen und sich ihnen zu zeigen. Doch dann dachte er: Wenn sie mich so als

Wichtelmännchen sehen, sind sie bestimmt noch trauriger als jetzt.
Er vernahm ein Geräusch und konnte sich gerade noch in einer Ecke der Pferdebox verstecken, als auch schon der Vater eintrat, um nach dem Pferd zu sehen. Er nahm wie gewöhnlich den kranken Fuß hoch, um zu sehen, ob er nicht doch entdecken könnte, was damit los war.
»Was ist denn das?«, rief der Vater und stutzte; denn in den Huf waren Buchstaben und Worte eingeritzt. »Entferne die Eisenspitze aus dem Fuß!«, las er und blickte verwundert um sich. Doch dann untersuchte er die Unterseite des Hufes sehr gründlich und tastete ihn vorsichtig ab. »Ich glaube, es steckt tatsächlich etwas Spitzes darin!«, murmelte er.
Während der Vater mit dem Pferd beschäftigt war und der Junge in seinem Versteck saß, traf Besuch auf dem Hof ein – es war der Gänserich Martin.
So nah der alten Heimat, hatte er der Versuchung nicht widerstehen können den früheren Gefährten seine Frau und die Kinder vorzustellen. So war er mit Daunenfein und den jungen Gänsen einfach losgeflogen und soeben auf dem Hof von Holger Nilsson gelandet.
Stolz zeigte er Daunenfein und den Kindern, wie gemütlich er es als zahme Gans hier früher gehabt hatte, und als er ihnen schon den ganzen Hof vorgeführt hatte, bemerkte er, dass der Kuhstall offen stand.
»Kommt einen Augenblick mit in den Stall dort«, sagte er, »darin befindet sich der Gänseverschlag! Nun könnt

ihr sehen, wie ich früher gewohnt habe. Das war etwas anderes, als ständig in Teichen und Sümpfen zu hausen!«

Der Gänserich stand auf der Schwelle und sah in den Kuhstall. »Es ist kein Mensch da«, sagte er. »Komm mit, Daunenfein, du brauchst keine Angst zu haben, es besteht nicht die geringste Gefahr.«

Und so gingen Daunenfein und alle sechs Jungen hinter dem Gänserich her und marschierten der Reihe nach in den Gänsestall, um sich anzuschauen, in welchem Glanz und Luxus der große Weiße gelebt hatte, ehe er sich den Wildgänsen angeschlossen hatte.

»Ja, schaut nur, so gut hatten wir es! Dort habe ich geschlafen und dahinten stehen noch die Futtertröge, die immer randvoll waren mit Hafer und Wasser«, sagte

der Gänserich. »Ha, kommt her, es ist immer noch etwas drin!«, rief er, stürzte sich auf die Tröge und schlang den Hafer in sich hinein.
Aber Daunenfein hatte keine Ruhe. »Lass uns wieder gehen!«, drängte sie.
»Nur noch ein paar Körnchen!«, erwiderte der Gänserich. Doch im selben Augenblick stieß er einen Schrei aus und stürzte zum Ausgang. Aber es war zu spät! Die Tür fiel ins Schloss, draußen stand die Bäuerin und schob den schweren Riegel vor – sie waren gefangen.

*

Der Vater hatte gerade ein spitzes Eisenstück aus dem Fuß des Pferdes herausgezogen und streichelte das Tier nun überglücklich, als seine Frau in den Pferdestall gelaufen kam. »Komm und schau dir an, was ich für einen Fang gemacht habe!«, rief sie.
»Warte, warte«, erwiderte der Vater. »Jetzt sieh dir das erst einmal an! Ich habe herausgefunden, was unserem Pferd gefehlt hat!«
»Ich glaube, das Glück ist zu uns zurückgekehrt!«, jubelte die Frau. »Stell dir vor, unser weißer Gänserich, der im Frühjahr verschwunden ist, ist wieder da! Er muss wohl damals den Wildgänsen gefolgt sein, denn er hat sieben Wildgänse mitgebracht und ich habe sie alle im Gänsestall eingesperrt.«
»Ja, ist es denn zu fassen!«, rief Holger Nilsson. »Dann

wissen wir jetzt doch auch, dass unser Sohn den Gänserich nicht gestohlen hat!«

»Ja, natürlich! Und gleich heute Abend werden wir die Gänse schlachten, dann können wir sie noch rechtzeitig vor dem Martinstag in der Stadt verkaufen!«

»Ganz wohl ist mir aber nicht bei dem Gedanken den Gänserich zu schlachten, wo er doch nun mit so großem Gefolge zu uns zurückgekehrt ist«, entgegnete der Vater.

»Wenn die Zeiten besser wären, hätte ich nichts dagegen, ihn am Leben zu lassen. Aber wir können die Gänse doch sowieso nicht behalten, wenn wir den Hof aufgeben müssen«, sagte die Bäuerin.

»Ja, das ist wohl richtig.«

»Dann hilf mir jetzt die Gänse ins Haus zu bringen!«

Sie gingen hinüber in den Kuhstall und einen Augenblick später sah der Junge, wie sein Vater, den Gänserich unter dem einen und Daunenfein unter dem anderen Arm, über den Hof ins Haus ging. Der weiße Gänserich schrie: »Däumling, komm und hilf mir!«, so wie er es immer tat, wenn er in Gefahr war, denn er konnte ja nicht ahnen, dass der Junge in der Nähe war.

Nils Holgersson hörte seinen Hilferuf natürlich, er verhielt sich aber ruhig und blieb im Stall. Aber nicht weil er wusste, dass es für ihn selbst gut wäre, wenn der Gänserich geschlachtet würde – daran dachte er in diesem Augenblick überhaupt nicht –, sondern weil er immer noch nicht wollte, dass seine Eltern ihn als Wichtelmännchen sahen.

Sie haben es schon schwer genug, dachte er. Muss ich ihnen da auch noch diesen Kummer bereiten?
Aber sobald sich die Tür hinter dem Gänserich geschlossen hatte, kam Leben in den Jungen. Blitzschnell rannte er über den Hof, sprang auf das Eichenbrett vor der Eingangstür und gelangte schließlich in den Hausflur, wo er sich nach alter Gewohnheit die Holzschuhe auszog. Vorsichtig schlich er auf die Wohnzimmertür zu und blieb davor stehen. Er konnte sich nicht überwinden die Tür zu öffnen und sich den Eltern zu zeigen. Ja, er hatte nicht einmal den Mut die Hand zu heben und anzuklopfen.
Aber es geht doch um den Gänserich Martin, sagte er sich. Seitdem du das letzte Mal hier gestanden hast, ist er dein bester Freund gewesen!
Und in diesem Augenblick ging ihm durch den Kopf, was er mit dem Gänserich auf zugefrorenen Seen und in schäumender Gischt, unter gefährlichen Raubtieren und in dunklen Wäldern alles erlebt hatte. Sein Herz füllte sich mit Dankbarkeit und Liebe, er überwand sich und klopfte an die Tür.
»Ist da jemand?«, rief der Vater und öffnete.
»Mutter!«, rief der Junge laut. »Du darfst dem Gänserich nichts tun!« Im selben Augenblick stießen der Gänserich Martin und Daunenfein, die beide gefesselt auf der Bank lagen, einen Freudenschrei aus und da wusste der Junge, dass sie noch am Leben waren.
Es stieß aber noch jemand einen Freudenschrei aus und

das war die Mutter. »Nein, wie groß und hübsch du geworden bist!«, rief sie.
Der Junge hatte das Zimmer noch nicht betreten, sondern war unsicher auf der Türschwelle stehen geblieben.
»Gott sei Dank, dass ich dich wiederhabe!«, rief die Mutter. »Komm herein! Komm herein!«
»Ja, Gott sei Dank!«, rief auch der Vater, mehr brachte er nicht heraus.
Der Junge stand immer noch auf der Schwelle und

zögerte. Wie konnten die Eltern sich freuen ihn so, wie er war, wieder zu sehen? Aber die Mutter eilte auf ihn zu, nahm ihn in die Arme und zog ihn in das Zimmer. Da merkte der Junge, was geschehen war.
»Vater! Mutter! Ich bin groß! Ich bin wieder ein Mensch!«, rief er.

# *Abschied von den Wildgänsen*

*Mittwoch, 9. November*

Am nächsten Morgen war Nils Holgersson schon vor Tagesanbruch auf den Beinen und wanderte hinunter zum Strand. Bevor es richtig hell war, hatte er fast das Fischerdorf Smyge erreicht. Er war ganz allein. Vor dem Weggehen hatte er versucht den Gänserich Martin zu wecken, doch der hatte ihn nur verschlafen angeschaut und, ohne ein Wort zu sagen, seinen Kopf wieder unter den Flügel gesteckt.

Es schien ein herrlicher Tag zu werden. Das Wetter war fast so schön wie an jenem Tag im Frühling, als die Wildgänse über Schonen geflogen waren. Ruhig und glatt lag das Meer vor ihm, es regte sich kein Lüftchen und der Junge dachte daran, welch eine schöne Reise übers Meer die Wildgänse haben würden.

Er selbst war noch ganz benommen und fühlte sich mal als Wichtelmännchen, mal als Mensch.

Führte sein Weg etwa an einer kleinen Mauer vorbei, ging er erst weiter, nachdem er sich vorsichtig davon

überzeugt hatte, dass auch kein Raubtier dahinter lauerte. Doch gleich darauf musste er über sich selbst lachen und freute sich darüber, dass er wieder groß und stark war und sich vor nichts zu fürchten brauchte.
Als er ans Meer kam, stellte er sich unten an den Strand, damit ihn die Wildgänse sehen konnten.
Heute war der große Reisetag und unaufhörlich erklangen am Himmel die Lockrufe der Vögel. Der Junge lächelte vor sich hin, denn er wusste, was sie sich gegenseitig zuriefen.
Jetzt näherten sich auch Wildgänse. Eine Schar nach der

anderen zog über ihn hinweg. Wenn das nur nicht schon meine Gänse waren, dachte er besorgt. Sie werden doch nicht fortfliegen, ohne mir auf Wiedersehen zu sagen! Er hätte ihnen doch so gerne erzählt, was inzwischen alles passiert war, und wollte ihnen zeigen, dass er wieder ein Mensch war.
Da kam eine Schar, die flog schneller und schrie lauter als alle anderen, und Nils Holgersson ahnte, dass dies seine Wildgänse waren, doch war er sich noch nicht ganz sicher, denn er konnte mit seinen Menschenaugen jetzt nicht mehr so gut sehen wie noch am Tag zuvor.
Die Schar flog langsamer und kreiste über dem Strand. Jetzt sah der Junge deutlich, dass es seine gefiederten Freunde waren, und er konnte nicht verstehen, warum sie sich nicht neben ihm niederließen. Sie mussten ihn doch auch erkannt haben!
Er versuchte einen Lockruf von sich zu geben, um sie zu rufen, aber seine Zunge gehorchte ihm nicht und er brachte keinen vernünftigen Ton heraus.
Er hörte Akka rufen, verstand aber nicht, was sie sagte. Was ist denn das? Haben die Wildgänse plötzlich eine andere Sprache?, dachte er.
Er winkte ihnen mit seiner Mütze zu, lief am Strand hin und her und rief: »Hier bin ich! Wo bist du?«
Aber all das schien die Wildgänse nur zu erschrecken. Sie flogen höher und höher und immer weiter hinaus aufs Meer. Da begriff er endlich: Sie wussten nicht, dass

er wieder ein Mensch geworden war, und hatten ihn nicht erkannt!
Und er konnte sie nicht rufen, weil ein Mensch nicht die Sprache der Vögel beherrscht. Er konnte weder zu ihnen sprechen noch konnte er sie verstehen.
Obwohl der Junge froh war von seinem Zauber erlöst worden zu sein, war er nun doch tief betrübt, dass er gleichzeitig auch von seinen Freunden getrennt worden war. Er ließ sich in den Sand fallen und verbarg sein Gesicht in den Händen. Es war ja zwecklos den Wildgänsen länger nachzuschauen!
Doch da hörte er plötzlich ein heftiges Flügelschlagen. Der alten Mutter Akka war es schwer gefallen, den Däumling zu verlassen, und sie war noch einmal zurückgekehrt. Jetzt, als der Junge ganz still dasaß, wagte sie sich näher an ihn heran und dann schien sie ihn endlich erkannt zu haben und sie setzte sich direkt neben ihn.
Der Junge stieß einen Freudenschrei aus und nahm die alte Akka in die Arme. Die anderen Wildgänse hatten sich inzwischen um ihn herum niedergelassen, rieben ihre Schnäbel an ihm und drängten sich schnatternd an ihn. Sie wünschten ihm alles Gute und viel Glück und der Junge dankte ihnen vielmals für die wunderbare Reise, die er in ihrer Gesellschaft hatte machen dürfen.
Doch auf einmal wurden die Wildgänse ganz still, als wollten sie sagen: »Ach, er ist ja ein Mensch! Er versteht uns nicht und wir verstehen ihn nicht!«

Da stand der Junge auf und ging zu Akka. Er umarmte und streichelte sie. Dasselbe tat er mit Yksi und Kaksi, Kolme und Neljä, Viisi und Kuusi und all den alten Wildgänsen, die von Anfang an dabei gewesen waren.
Dann ging er langsam landeinwärts. Er wusste ja, dass die Trauer der Vögel von kurzer Dauer war, und er wollte von ihnen gehen, solange sie noch betrübt darüber waren, ihn zu verlieren.
Oben auf der Uferböschung drehte er sich noch einmal um und sah den vielen Vogelschwärmen nach, die aufs Meer hinausflogen. Alle stießen ihre Lockrufe aus, nur eine Wildgansschar flog schweigend davon und er sah ihr nach, bis sie seinem Blick entschwunden war.
Die Schar flog geordnet und zügig übers Meer und der Junge wurde von einer solchen Sehnsucht ergriffen, dass er beinahe wünschte wieder der kleine Däumling zu sein, um mit den Wildgänsen über Land und Meer fliegen zu können.

# *Nachwort*

Es geschieht nicht selten, dass Auszüge aus klassischen Kinder- und Jugendbüchern ihren Weg in die Schullesebücher finden. Dass aber ein Schullesebuch zum klassischen Kinderbuch wurde, ist wohl einmalig. Genau dies geschah mit *Nils Holgerssons wunderbarer Reise.*

Die am 20.11.1858 auf einem Gutshof in Mårbacka in Schweden geborene Selma Lagerlöf war als Schriftstellerin schon sehr bekannt, als man sie aufforderte ein neues Lesebuch für die schwedischen Volksschulen zu schreiben. Man glaubte, dass sie dazu besonders geeignet sei, weil sie zehn Jahre lang bis 1895 als Lehrerin gearbeitet hatte. Lehrer im ganzen Lande schickten ihr für das Vorhaben Landschaftsbeschreibungen, Erzählungen und Berichte. Selma Lagerlöf begnügte sich aber nicht damit, aus diesen auszuwählen, sondern sie unternahm auch ausgedehnte Reisen durch Schweden bis hinauf zum Polarkreis, um sich an Ort und Stelle einen Eindruck von ihrem Land zu machen. All diese Erfahrungen flossen in das neue Lesebuch, das zugleich ein Heimatkunde- und Geografiebuch war, mit ein. Weil es sich um ein Schulbuch handelte, wurden auch Wissenschaftler zu Rate gezogen.

Es gibt sicher manches Lehrwerk, das weniger sorgfältig gestaltet worden ist, aber das erklärt nicht, warum das Werk zum wohl erfolgreichsten Schulbuch aller Zeiten wurde. Es war die Idee der Autorin, all diese unterschiedlichen Infor-

mationen durch eine phantasievolle Rahmenhandlung zu verbinden, die Kinder und Erwachsene sofort überzeugte. Die Grundlage der Handlung bildete eine Erzählung aus der Jugendzeit ihrer Großmutter, über die Selma Lagerlöf in ihren Jugenderinnerungen berichtet. An einem Apriltage war damals, so erzählte man sich, ein zahmer Gänserich vom Hof Mårbacka, verlockt vom Geschrei ziehender Wildgänse, mit diesen nach Norden geflogen. Alle glaubten, er sei auf Nimmerwiedersehen verschwunden, aber im Herbst, als die Wildgänse wieder nach Süden flogen, ließ sich eine große Schar von ihnen gerade vor Selma Lagerlöfs Großmutter auf dem Boden nieder. »Ein stattlicher weißer Gänserich ging an der Spitze der Schar, ihm folgte eine große graue Wildgans mit neun gesprenkelten Jungen.« Dann führte der Gänserich seine Familie geradewegs in den Stall zum Futtertrog, wo es Hafer und Wasser im Überfluss gab. Selmas Großmutter, damals ein junges Mädchen, schloss rasch die Stalltür und lief zu ihrer Stiefmutter, um ihr von dem wundersamen Ereignis zu berichten. Diese aber »suchte wortlos nach dem kleinen Messer, das sie beim Gänseschlachten benutzte, und ehe der Abend kam, waren der prächtige weiße Gänserich, die graue Wildgans und alle die niedlichen Gänschen tot und gerupft«.
Es gehört nicht viel Einbildung dazu, sich vorzustellen, welchen Eindruck diese Geschichte mit dem schrecklichen Ende auf die kleine Selma gemacht haben muss und warum sie als erwachsene Frau den kleinen Nils Holgersson vor die schwierige Entscheidung stellte wieder ein richtiger Junge zu werden und dafür den Gänserich Martin schlachten zu lassen oder ein Däumling zu bleiben und den Freund zu retten. Wenn man sich dann noch vorstellt, dass Selma Lagerlöf in jungen Jahren an Kinderlähmung erkrankte, wird vielleicht auch deutlich,

wie sehr sie sich wohl gewünscht hat, sie könnte mit den Wildgänsen über das ganze Land fliegen.
Es sind die spannenden Abenteuer des kleinen Nils Holgersson, der durch seine Erfahrungen bei den Wildgänsen lernt Verantwortung zu übernehmen, die dem Lesebuch der Selma Lagerlöf sofort nach seinem Erscheinen 1906 und 1907 zum Erfolg verhalfen und mit dazu beitrugen, dass der Autorin 1909 der Nobelpreis für Literatur zuerkannt wurde.
Auch die vielen Erzählungen über die Industrie und die Landwirtschaft, die Geschichte und die Sagen Schwedens sind, besonders wenn man die Geschehnisse auf einer Landkarte von Schweden verfolgt, faszinierender als mancher Reiseführer. Dennoch denkt man an sie weniger, wenn von Nils Holgerssons wunderbarer Reise die Rede ist.
Da eine vollständige Ausgabe des Werkes leicht mehrere Bände unserer Reihe mit Kinderbuch-Klassikern gefüllt hätte, stand Peter Klusen als Bearbeiter der vorliegenden Ausgabe vor einer besonders schwierigen Aufgabe.
Er entschied sich dafür, die aufregenden und teilweise märchenhaften Abenteuer des kleinen Jungen in den Mittelpunkt zu rücken. Das Ergebnis ist eine gekürzte Fassung, die deutlich macht, warum dieses Buch zum Kinderbuch-Klassiker wurde.
Auch wenn Selma Lagerlöf noch einige andere Erzählungen, wie ihre *Christuslegenden* (1904), verfasste, die von Kindern zu Beginn dieses Jahrhunderts auch in Deutschland viel gelesen wurden, blieb *Nils Holgerssons wunderbare Reise* ihr bekanntestes Kinderbuch. Es wahr wohl auch der wirtschaftliche Erfolg dieses Werks, der es ihr 1909 erlaubte Mårbacka zurückzukaufen, das Gut, auf dem sie aufgewachsen war und das durch wirtschaftliche Fehlentscheidungen ihres Vaters

der Familie für immer verloren schien. Hier verbrachte die weltberühmte Autorin ihren Lebensabend, hier starb sie am 16. März 1940. Ihr Nils Holgersson aber ist auch heute noch den Kindern, sei es durch das Buch, sei es durch die Verfilmungen oder Hörspiele, in vielen Ländern der Welt ein Begriff.

*Dr. Freya Stephan-Kühn*